孔波斯特拉意外之旅

JEAN-CHRISTOPHE RUFIN

不朽的远行

[法]让-克里斯托夫·吕芬 著

黄旭颖 译

**IMMORTELLE
RANDONNÉE**

COMPOSTELLE MALGRÉ MOI

上海译文出版社

目 录

1 _ 组织

7 _ 起点

12 _ 为什么

17 _ 路上的爱情

25 _ 出发

32 _ 野蛮人在都市

37 _ 第一次秘密露营

43 _ 露营朝圣者的幸与不幸

47 _ 孤独

54 _ 在哲纳汝加晚祷

62 _ 马拉松,圣地亚哥,同样的战斗!

70 _ 毕尔巴鄂

80 _ 在坎塔布里亚的渡船上

87 _ 管道之神

93 _ 被亵渎的美

99 _ 在教主的洞穴中

107 _ 告别海岸

112 _ 坎塔布里亚：俭朴的学堂

117 _ 在朝圣之路的蒸馏器里

124 _ 从远古走来的阿斯图里亚斯

130 _ 酒神与圣保罗

137 _ 基督教徒的一段美好时光

144 _ 沿着阿方索二世和佛的足迹

151 _ 遇见

164 _ 在朝圣之路的顶峰

176 _ 林中幽灵

181 _ 加利西亚！加利西亚！

192 _ 古罗马之夜

200 _ 误入歧途

207 _ 法兰西之路

215 _ 最后的考验

222 _ 到达

组　织

如果你像我一样，在出发前对孔波斯特拉一无所知，就会想象朝圣之路是一条荒草中的古道，孤独的朝圣者用足迹维持它的生命力。这真是大错特错，一旦你开始办理著名的通行证，那进入朝圣者庇护所必需的证件，就会很快醒悟过来！

你会发现这条路即便不是宗教崇拜的对象，至少也象征着走完这段路程的人们所拥有的热情。古老的道路背后隐藏着形形色色的组织：各种协会，刊物，旅行指南，热线电话。这道路是一张网，一个宗教团体，一个跨国机构。没有人是被迫加入的，但组织从一开始便会通过发放通行证让你意识到，这本证件远不只是一张民俗卡片。因为，作为正式的"未来资深朝圣者",你今后将会收到学术研究通报、徒步邀请函,在有些城市,甚至会为刚刚归来的朝圣者举办经验分享会。这些围绕酒杯展开的友好会面被唤作"朝圣者之酒"!

我在一个下雨的午后发现了这个世界,当时我走进巴黎卡内特街[1]上的一间小店,在圣叙尔皮斯区,那是圣雅各之友协会所在地。那地方很喧嚣,四周都是时髦的酒吧和服装店。它狭小的门厅散发着好闻的味道,那样布满灰尘的杂乱无章有着外人无法模仿的"协会"特征。接待我的是一位上了年纪的值班员——如今一般称作"长者",不过这词在雅凯的词汇中并不存在。店里没有其他人,如果他不是那么努力地表现出忙碌的样子,我会觉得自己惊扰了他。计算机尚未占领此地。主导这里的依然是泛黄的索引卡片,油印的折叠册子,模糊的印章和它上边的金属油墨。

我略带尴尬地声明来意——因为心中尚未完全拿定主意,我,想去朝圣之路。当时的气氛像在忏悔室里,我还不知道他并不会问我"为什么"。我先发制人地试图列举理由,但显然,

---

1　Rue des Canettes,位于巴黎六区。

听起来都很假。老先生笑了笑，回到实际的问题：姓甚，名谁，出生日期。

他慢慢地引导我进入正题：我是愿意带证入会（更贵）呢还是不带证，就是说付最少的钱：他把每种选择的价格都告诉了我。几欧元的差价于他而言是如此重要，他把两种入会方式的具体内容都对我详尽地解释了一番。我把这归结为一份令人赞许的友爱精神：不剥夺低收入者踏上朝圣之路的权利。而等我踏上这条路之后才明白其实另有原因：朝圣者们花许多心思来避免付钱。通常不是出于需要，而是一项运动，一个表明自己属于该俱乐部的记号。我见过一些徒步者，他们都很富有，却没完没了地计算着，就为了决定是问酒吧再要一个三明治（有四个人），还是再走三公里到一家不一定靠得住的面包店去买。圣地亚哥的朝圣者，人称雅凯，并不都是穷人，有些人远远算不上贫穷，可他们表现得如穷人一般。我们可以将这种行为与宗教上的三个誓愿之一联系起来，另外两个誓愿是贞洁和服从，它们从中世纪起就成为进入宗教生活的标志；我们也可以简单地称之为吝啬。

无论如何，一旦有了通行证，你就得尊重它的用途并且适应它：不论朝圣者是否走向上帝（那是他的事），他都得拽着魔鬼的尾巴向前走。

当然，你也会遇见许多人为自己安排了舒适的朝圣，从一家酒店到另一家酒店，从豪华大巴到殷勤的出租车。雅凯们通常会惺惺作态地说："每个人都可以用适合他的方式走这条路。"然而，不久大家就会明白，在这表面的宽容背后，隐藏着"真"朝圣者对"假"朝圣者强烈的鄙视。真朝圣者通过尽可能少花费来标示身份。诚然，在别无选择的情况下，比如生病或庇护所人满了，真朝圣者有时也不得不屈尊入住酒店——尽可能简朴的酒店——与奢侈的游客为邻。不过，他必然会表现得与众不同，例如在不经意间把前台碟子里的糖果都吃光。

对此尚一无所知的我，干了第一件蠢事：我豪爽地选择了带证入会，突出强调了多付的三欧元对我不是问题。

值班员代表协会向我表示感谢，可他的一丝微笑足以表明他对我抱有些许同情。"主啊，请您原谅他吧，他（还）不知道他在做什么。"

圣雅各之友协会发放的通行证是一本淡黄色的手风琴状折叠册子。说实话，它看上去并不起眼，未来可能的朝圣者在回家途中不禁笑了起来。使用的纸张应该被回收了三次，上面印着大大的方格以收集每段旅程的印章，看上去实在不大正规。不过作为一本通行证也算过得去。它的价值只有在朝圣之路上才能得到体现。

当你在包里翻寻上百次，才掏出被暴雨湿透的通行证，想将它烘干却遍寻不着取暖器；当你担心将它遗失，在庇护所负责人狐疑的目光下焦急地寻找；当你在令人精疲力竭的一段段旅程终点，欢欣雀跃地把它摆在旅游局工作人员的桌面上，而他，带着厌恶的表情，用官方印章在上边一掠而过，显然是怕印章受损；当你到了孔波斯特拉，骄傲地在市政府代表面前将它展开，等他用拉丁文书写你的朝圣证书，那时，你便会掂量这圣物的价值。返程时，通行证与其他幸存物品一道，遍布见证了这段艰难历程的痕迹。

虽然这般比较显然没有意义，我还是想说，我那皱巴巴、脏兮兮，在太阳下暴晒过的通行证让我想起外祖父被俘后带回来的那些纸片：粮票或医疗券，对于被关进集中营的外祖父，它们应该有着无尽的价值，我能想象他是如何小心翼翼地将它们保存在身边的。

但朝圣之路与此不同，孔波斯特拉不是惩罚而是一次心甘情愿的磨难。至少人们是这么认为的，尽管这观点很快就会遭到现实经历的反驳。无论是谁踏上这条路，早晚都会感觉自己受到了审判。就算是受到自己的审判也改变不了什么：人们对自身施加的制裁，其严苛程度通常并不亚于社会。

人们怀着自由的信念向圣地亚哥进发，不久就发现自己和其他人一样，成了孔波斯特拉的一名普通苦役犯。肮脏，疲累，始终背负重担，看上去像群犯人，朝圣之路上的苦役犯们体会着兄弟般的情谊。有多少次，我和其他脏兮兮的朝圣者一起在庇护所门前席地而坐，按摩疼痛的双脚，咽着用微不足道的价钱买来的难闻的口粮，被其他路人全然忽视，而他们正常、自由、衣着靓丽、鞋履光鲜，那时，我觉得自己就像索尔仁尼琴笔下的苦囚，朝圣之路上的一个穷苦人，或许这就是人们口中的朝圣者？

这就是通行证给你的判决。归途中最不可思议的事，是我想起我们竟然付了钱来得到这一切。

起 点

此外，还要弄明白人们在说什么。在我以及其他自认为配得上朝圣者这个称呼的人看来，"真正的"通行证，是一份由你的居住地发放的证件，将陪伴你走过漫长的旅程。然而，人们很快就会发现，在每一段路程，从起点直到终点，都可以领到同样的证件。仅仅走了最后那段路的徒步者竟也好意思揣一本通行证，仿佛他们这短短几天的旅行能跟从法国或其他欧洲国家出发的朝圣者所经历的漫长旅程相提并论似的！真正的朝圣者看他们就像冒牌货。这反应里也夹杂着一丝矫情。不过，随着一路前行，人们渐渐明白这观点中也有些许真实。应当承认，时间在"真"朝圣者的历练中扮演着至关重要的角色。

朝圣之路用时间来炼灵魂的丹药。这过程不可能即时迅速甚至不可能加快。徒步行走了好几个星期的朝圣者对此深有体会。比起只走了八天的人，他付出了相当艰辛的努力，除了有些许幼稚的骄傲，还体会到一种更朴实、更深刻的道理：要想克服旧习，一次短途行走是不够的。它无法从根本上改变一个人。石头依然粗糙，因为要打磨它，还需要更长久的努力，受更多冻，踩更多泥，忍更多饿，睡更少觉。

这就是为什么，在去往孔波斯特拉的路上，关键不在终点，那是众人相同的，而在于起点。是它在朝圣者之间建立起微妙的层次划分。当两名徒步者相遇，他们不会问"您去哪儿"，因为答案显而易见，也不会问"您是谁"，因为在朝圣路上他们都只是可怜的雅凯。他们问的是"您是从哪儿出发的"，通过答案马上就可以获悉对方的来路。

如果朝圣者选择了一个距离圣地亚哥只有一百公里的起点，那他多半是个沽名钓誉的人：要想在终点获得那赫赫有名的用拉丁文书写的孔波斯特拉证书，以证明他完成了朝圣，这是最短的距离要求。花最少努力便能取得的这份荣誉遭到"真"朝圣者们难以掩饰的嘲讽。实际上，只有从比利牛斯山出发，走过西班牙境内某条最长线路的徒步者才能算作同道中人。圣让皮耶德波尔，昂代，松波特，这几个才是体面的起点。出于历史的考量，还可以算上奥维耶多。尽管路途短了许多，但是选择从阿斯图里亚斯首府出发的原始之路的人却令人尊敬。这其中有两个原因：它穿越崇山峻岭，海拔落差更大，更因为它是最原始的朝圣之路，公元九世纪，阿方索国王就是沿这条路前往朝拜刚被一位修士发现的大名鼎鼎的圣雅各的遗骸。

绝大多数朝圣者遵循传统，要么走原始之路，要么从法国边境出发。但也会遇上少数从远得多的地方来的人。他们的气色可不怎么好。坦率地说，有些人看上去甚至很痛苦。人们会以为他们弱不禁风。另外，他们也经常夸大痛苦，以取得满意的效果。若一位从比利牛斯山出发并对此沾沾自喜的朝圣者问他们："您是从哪里出发的？"在片刻的故作犹豫之后，他们会谦逊地垂下眼睛，回答"勒皮"或"弗泽莱"。这些荣耀的地名顿时把对方镇住了。如果谈话者戴着帽子，他们会将其摘下，以示尊敬。一旦使出了杀手锏，这些特立独行的朝圣者通常会再补充一组数字，足以让对方直接落败。"一百三十二天。"他们如是宣称。这是他们每天早晨一步一个脚印走出来的时间。

我曾经和一名从那幕尔出发的年轻大学生同行。他背着一个巨大的包，里面装满没用的物品，都是他沿途收集的纪念品。我还遇见过几个从阿尔勒来的澳大利亚女孩和一个从科隆出发的德国人。

在横渡坎塔布里亚沿海纵横交错的河流时，我在船上遇见一个上萨瓦人，他是从家里出发的，那是在马里尼耶，位于日内瓦北面。我后来又多次遇见他。他算不上一名好的徒步者。他走得甚至有些歪歪扭扭，还时常迷路。可无论表现如何，他多走的两千公里路都足以令他俯视我了。

有些朝圣者似乎从更远的地方来。我未曾遇见过，想来也没有太多人有机会遇见。他们是神奇的生物，是朝圣之路传奇的一部分。这条路并不缺少传奇，朝圣者们在夜间谈起都会压低嗓音。那些来自斯堪的纳维亚、俄罗斯、圣地的家伙是了不起的生物。多亏了他们，在孔波斯特拉这块终点界石面前，朝圣的起点再也不受局限。在雅凯们的地图上，只见条条道路如溪流般奔往比利牛斯山谷继而流往西班牙。它们令整个欧洲的水面泛起涟漪，令人神往。

当然，起点并不代表一切，因为还有一些作弊的方法。最常见的是分段走完全程。因此，有时候我们会遇见一些徒步者，在自报家门时，会掏出一张巨大的地图：弗泽莱，阿尔勒或者巴黎的。他们宣称自己已经走了好几百公里，可他们看上去出奇地整洁且神采奕奕，这难免使人心生疑惑。要想解开疑惑，只需提一个致命的问题："您是……一趟走完这些路的？"夸夸其谈者于是低下头，轻咳两声，最后承认他花了十年走完这段路程，每次走一个星期。事实上，他昨天才出发。"每个人都可以用适合他的方式走这条路。"此话不假，可毕竟，不该把上帝的孩子当野鸭子耍吧。

为什么

为什么？

这显然是别人心中的疑问，就算他们没说出口。当你朝圣归来说："我徒步去了孔波斯特拉。"你就会在对方的目光中见到同一种神情。首先是惊诧（他去那里做什么？），然后，通过偷偷地打量，流露出怀疑。

很快，结论来了："这家伙一定有毛病。"你会感到不自在。幸好，我们生活在以宽容为美德的世界里：对方很快就镇定下来。他会做出热烈的表情以示喜悦，同时还有惊讶。"你太幸运了！"既然撒谎了，索性就认真夸张些，于是他又补充："我的梦想就是有朝一日能够踏上这条路……"

通常情况下，"为什么"这个问题到此就结束了。承认他和你有着同样的愿望,你的对话者就让你,同时也让他自己,免于谈论有什么理由能驱使一个正常的成年人背包徒步将近一千公里。紧接着,就可以进入"如何"这个环节了:就你一个人吗?都经过哪儿?花了多长时间?

我们都乐于情形照这样发展。因为偶然几次,反而有人直接问我:"您为什么去了圣地亚哥?"我解释得相当费劲。不是谦逊,而是感到深深的困惑。

最好的解决办法当然不是面露窘迫,而是给出一些指引,必要时甚至编造,以误导提问者,将其引上错误的方向:"我童年住过的城市里一些古建筑上有圣雅各贝壳。"(弗洛伊德路线)"我对世上的伟大朝圣一直十分痴迷。"(普世路线)"我喜欢中世纪。"(历史路线)"我想向着夕阳一直走到大海。"(神秘路线)

"我需要思考。"最后这个答案是最受期待的,以至于被普遍看做"正确"答案。然而它并不是理所应当的。要思考,难道不能待在家里,躺在床上或靠在扶手椅里,或者大不了,找一条近距离的自己也熟悉的路线走上几步,岂不是更好?

该如何向这些没有亲身经历过的人解释,朝圣之路的效果或者说功能就在于让人忘记朝圣的原因？用简单直白的行走取代推动你踏上征途的困惑和纷繁的思绪。出发，仅此而已。它正是以这种方式解决"为什么"的问题：通过遗忘。人们忘记了从前种种。正如那些推翻了过去一切的大发现，孔波斯特拉朝圣之旅，严酷，专制，抹去了引人走向朝圣的种种思考。

  人们已经领悟到朝圣之路的深刻本质。它不像未曾走过的人想象的那样温和。它是一种力量。它势在必行，抓住你，强迫你，造就你。它不给你说话的机会，只让你沉默。大部分朝圣者都相信自己没决定任何事情，而是事情落在了他们身上。不是他们选择了朝圣之路，而是朝圣之路选择了他们。我知道，这种说法在没经历过的人看来十分不可信。就拿我自己来说，出发前若听到这番声明，我多半会耸耸肩。因为感觉太像邪教言论。毫无理性可言。

  可是很快，我发现了它们的正确所在。每当要做决定时，我都感觉朝圣之路在我身上强烈地起作用，说服我，战胜我。

  最初，我只是想独自做一次长途徒步旅行。我将它看做一场运动上的挑战，可以减几公斤体重，一种为登山季做准备的方式，一种撰写新书之前的头脑放空，卸下公务和荣誉后对必要的谦逊的回归……它们之中没有任何一项特别突出但它们都起了作用。我并没有打算一定要走圣地亚哥之路。它只是我的众多选择之一，至少我当初是这么以为的。我那时还处在迷恋书本、故事，看看照片，上上网的阶段。我以为可以自由决定，无拘无束。后来发生的事证明我错了。

渐渐地，我的选择范围缩小，选项也集中（瞧瞧！）到去往圣地亚哥的几条路线上去。

最终，我只得出两种可能：比利牛斯山的高山路线和北方的孔波斯特拉朝圣之路。两条路线都从同一个地方出发：昂代。所以决定可以拖到最后再做。我甚至可以等到达起点后最后一分钟再做决定。我的装备对两条线路同样适用。高山路线自西向东穿过比利牛斯山脉。有好几种选择：走小路或者走"滑雪道外"的路。大约要走四十天。它比孔波斯特拉朝圣之路更崎岖也更荒凉。因此我要做好准备，在寒冷中几乎完全独自一人长途跋涉。大丈夫能屈能伸：如果我最终选择孔波斯特拉朝圣之路，只要去掉几件高山装备就万事大吉。我觉得自己很聪明，而且似乎将我的自由坚持到了最后。

  一些外因用所谓的理性帮我做出了最后的决定：到了最后一刻，我得知高山路线行不通了，因为"季节还没到，有些路段可能会有危险"，等等。我于是选了北方的孔波斯特拉朝圣之路。其实细想起来，我只是听从了一个越来越强烈的神秘召唤。我当然可以找出理由，说我从来没有真心考虑过其他选项。计划的多样性只是个幌子，一个便利的方法，以掩饰这尴尬的事实：我其实别无选择。圣地亚哥的病毒深深感染了我。我不知道是被谁或什么东西传染的。只是，在静静的潜伏期过后，病情爆发，我出现了所有症状。

路上的爱情

如何选择起点？有两大套哲学理论，拉帕利斯可能会解释如下：要么从家里出发，要么从其他地方。选择本身比看上去要来的严肃，许多朝圣者向我坦承这很艰难。最理想的（貌似最理想，因为对我不是）做法，是像我提到过的那个上萨瓦人那样，从家里出来，拥吻妻子和孩子，摸摸摇着尾巴想陪他一起去的狗，关上花园的门，然后离开。

至于因为住得太远或没有足够时间而不具备这种可行性的人，就得向目的地靠拢，到离西班牙最近的地方，根据自己的需要来缩短旅程。既然不从自己家出发，那他们从哪里出发呢？路线很多，可供选择的出发点不计其数。选择很难。它取决于几个客观因素：有多少时间，想参观哪些地方,买的导游书,朋友们的叙述。不过,有些更微妙、甚至更难以启齿的因素也需要考虑。

随即要提到的一个事实,读者们迟早也会发现,那时,他们应该和我一样惊讶:朝圣之路是充满艳遇的地方,如果不说勾搭的话。这个因素影响了许多朝圣者,特别是在起点的选择上。还要区分朝圣满足的是哪种情感需求。其实这一路上,有好几种情感活动。

第一种是刚约会不久但已经心心相印的爱人。恋人,伴侣,未婚夫妇,都属于这一类别。他们通常都很年轻:穿着耐克鞋的年轻情侣,风华正茂,戴着耳机。对他们而言,感情需要最后的推动,引领他们走向圣坛,或者,走向结婚的礼堂。朝圣之路给他们机会温柔地接近对方。他们沿着国道手牵手前行,有时,一辆卡车开过,一股美妙的寒战掠过脊背,令沉浸在爱河的朝圣情侣靠得更近。他们经过一座又一座教堂,在这条神圣的路上,激情澎湃的一方有许多思想可以和对方交流。夜晚,在修道院,盥洗室里欢快的萨拉班德舞曲混杂着疯狂的笑声和赤裸的肉体,对此习以为常的修士们由着他们欢腾。在铺位上,他们轻声说笑,喁喁私语,由于缺乏付诸实际行动的条件，便承诺永远相爱，对彼此忠诚。

对这类恋人，朝圣之路是有用的，可是不能持续太长时间。几天后，这些成群结队的人就迷失了方向。男孩开始注意其他袒胸露背的女性。女孩呢，喜欢被强者征服的她们，当然也会比较，而胜出方并不总是带她来到此地的那一位。这些情侣把体力留给最后的几公里。他们成群结队地出现在加利西亚的小路上。就像给水手指明大海方向的小鸟，对其他朝圣者来说，看见他们，就意味着孔波斯特拉不远了。

此外还有第二种类别：一路寻找爱情却仍未找到的徒步者。这些人通常年纪较大：他们品味过生活，或是激情甚至婚姻。幸福支离破碎了，他们只得从头再来。早一刻或晚一刻，朝圣之路于他们而言成了一种解决方法。不像互联网上的交友网站那么虚无缥缈，他们可以亲身接触鲜活的生命。行走的乏累也疲惫了心灵。口干舌燥，脚底起泡，让人们有机会毫不吝惜地给予或接受照顾。对于他或她，都市是那么冷酷无情，充斥着可怕的竞争，无论胖的、瘦的，年老的，丑陋的，贫穷的，失业的，都逃脱不了它蛮横的体制，而朝圣者的身份为每个人赋予了平等的机会。

特别是如果大自然对他们少有偏爱,这些人宁愿走得远远的,好把运气都揽到自己身上。几百公里的路途中,人们经常遇见他们,可以好好观察一番。只见这些为爱所伤的人彼此靠近,相互嗅闻,或疏远,或结合。他们缺乏目标,当遇到某个向他们表明心迹而他们却不喜欢的人,他们有时甚至是残忍的。几段旅程后幻象破灭,一个本可以成为某位女士苦苦追寻的真命天子的男人最终在攀登一座小山峰的时候承认,他已经结婚并且深爱他的妻子。但是也有一些有情人终成眷属,愿他们幸福。

或许是为了相互鼓励,女孩们经常成群结队。我曾遇到过一些远道而来的姑娘,她们穿越了整个法国,可还是没找到意中人。她们又奋勇奔向西班牙,而往往,几段路程后,其中一个消失不见了。她加入了另一个群体,去新认识的白马王子那里碰碰运气。看着这些场景,我傻呵呵地想起了那句俗语:找到合脚的鞋子[1]。

路途是艰辛的,但它有时能满足人们最隐秘的心愿。只

---

[1] 意为找到情投意合的对象。

要坚持不懈。

听说有一位风琴手沿着朝圣之路，在每段路程中靠演奏谋生。他那时刚刚离婚，非常不快乐，我想他演奏的都是些哀伤的曲子，对女人没有太大吸引力。到了孔波斯特拉之后，他加入了一个音乐家协会。在那儿，他遇见了一名德国女子，她和他有着同样对音乐的热情，心灵也同样受过伤害。他们结婚了，每年都一起重走朝圣之路。现在他们一起演奏的音乐充满欢乐和魅力。故事或许美好得不真实，可正是这些传说让人们保有这份希望，希望可以求助于圣雅各，终止他们的不幸。

第三种类别，没那么浪漫却同样令人怜悯，由许久以前经历过爱情的人组成，他们缔结过神圣的婚约，也经历了它的黯然褪色，现在只渴望重获自由。那是一种温和的自由，不会破坏一切，不会伤害另一方，感谢上天赐予圣雅各介入他们的生活，让他们能够舒一口气。

那位在巴黎接待我、给了我通行证的圣雅各之友协会的志愿者就属于这一类别。当我请他讲述他自己的朝圣之旅时，他眼泛泪光。尽管年事已高，他却能相当自如地承受徒步的强度。新获得的自由令他如此陶醉，以至于到了孔波斯特拉之后……他没有停下来！他沿着通往葡萄牙的小路继续前行。如果有一座桥跨越大西洋直达巴西，他也会毫不犹豫地踏上去。提及这番疯狂经历时，这个不幸的人脸上露出缅怀的笑容。我问他这一切是如何结束的，他沉下脸来。我明白他妻子一定乘了飞机、火车和两趟大巴才找到他并把他带回家。他尝到了自由的滋味，便再也不愿放弃它。他第二年又再度启程，此后一直期盼新的出发。

他问了我的计划。我想从哪里出发？我没想过。我不属于上述任何类别，没有感情因素来指导我的选择。我想行走，仅此而已。我对志愿者坦承我想从昂代出发，因为我犹豫着是否要穿越比利牛斯山脉。他嘲弄地看着我：

"您愿意怎样都行。"他对我说。

这句反语隐含着他根深蒂固的笃定，今天我明白了：无论如何，踏上了这条路，人们就永远无法按照自己的意愿行事。我们当然可以推理思考，制订其他计划，可它们最终在朝圣之路上都会烟消云散，事实上也的确如此。

这位协会的男士没有理会我的疑虑但记住了一个词：昂代。

"如果您从昂代出发,您走的就是北方之路。"

在西班牙,从法国边境出发,有两条雅凯之路。第一条叫做法兰西之路:除了穿越比利牛斯山脉到龙塞斯瓦耶斯那一段,其余部分毫无难度。这是目前最多人行走的路线。某些日子里,会有一百五十名朝圣者同时奔向圣让皮耶德波尔……

另一条是沿海路线,也叫北方之路。它出了名的标识不清,也更难走。从法国巴斯克地区出发,然后沿着海滨城市往下走,圣塞瓦斯蒂安,毕尔巴鄂,桑坦德。

"北方之路……"我嘟哝着,"是的,我有这打算。您怎么想?您走过吗?"

他到一个积满灰尘的橱子里翻寻,找出一小叠油印纸,卡片,一本手册。他双手颤抖着将它们递给我时,我看见他的眼睛闪闪发亮。

"北方之路!"他气喘吁吁地对我说,"应该选北方之路。我走过,是的……可仅仅第二次才走的。因为,您瞧,他们禁止我走。"

"禁止?"

"这是一种说法。我来领通行证时,就像您今天一样,我遇见了一个男人，他……"

我看见他眼中的一丝恨意。

"他对我说我太老了，"他说着啐了一口，"我撑不住的。就因为他，我才先走的法兰西之路。可我气极了，先生，气极了！第二年我对我妻子说：这一次，我要走北边。于是我就走了。"

"然后呢？"

"然后我就上路了，没遇上任何问题。平均每天三十公里！而且我还不是运动员。"

沉默降临。他如此的热情让我有些尴尬。因为我还不认识朝圣之路。突然，我吓了一跳。是他抓住了我的手臂。

"去吧，先生！"他对我喊道，"走北方之路吧，那是最美的，相信我，最美的。"

我谢过他，然后逃了，心想，显然，朝圣是令人热血沸腾的事情，我还是谨慎些选择山路吧。我毫不犹豫地决定走比利牛斯山的高山路线。

八天之后，我还是向着孔波斯特拉出发了，走的是北方之路。

出　发

我乘坐高速列车到达昂代。说实话，坐在舒适的车厢里以每小时两百公里的速度前进，随身携带的朝圣装备就显得有些滑稽。然后，当我们被放在月台上，列车驶离车站，我不禁怀疑自己的计划是否违背了时代潮流。在二十一世纪，徒步走这样一条路意义何在？答案真的不好说。可我们实在没时间深入探讨这话题；一阵冷风吹袭空旷的站台，五月的温暖很快就被来自大西洋的狂风驱散。其他旅客已经走了，轻松地拉着他们带轮子的小行李箱。我把胡乱捆绑的旅行袋压压紧，背到背上。已经觉得它比在家时更重了。

这第一个夜晚，在昂代，我没怎么费力就穿过火车站广场，爬上一条可爱的、十分吸引游人的小巷，来到我订好了房间的旅馆。

出发前的最后一夜,我允许自己奢侈一下:住一个真正的房间,在一间货真价实的旅馆里。蓝底门牌上有个H和一颗星(毕竟,还是得简朴些)。在即将离开法国、踏上流浪旅途的此时此刻,没理由剥夺自己最后一次享用一间狭小房间的机会,虽然它散发着一股霉味,淋浴水流细小,令人不快的老板恶狠狠盯着你催你马上付钱,甚至还有酒鬼在窗户下大声吵嚷直到凌晨一点。就这样带走对故土的思念真好。受这番经历影响兴奋得一夜没合眼的我,清晨七点半就出门了,顾不上游览昂代(相信它一定是座十分美丽的城市)。我向着圣地亚哥大桥进发,它横跨比达索阿河,是一条通往西班牙的高速公路。

随身携带的旅游指南我已读过上百次,其中的详细描述已牢记于心。每一个分岔路口我都熟悉。高速公路本身的可爱之处在于它们的色彩——沥青灰——沿地图上的路线标示着。刚开始上路的时候,人们还无法估量这条路,它的规模,它的漫无尽头。我穿越伊伦的时候,感觉自己只是长长地散了个步,尤其是,我感觉自己做了错误的选择。

到了出城的地方，我依然在行走。我在一个脾气古怪的杂货店老板那里买了一瓶水。从店里出来时，我才发现这店就位于朝圣之路的分岔路口前，之后，这条路就转入乡村。朝圣者们应该都会在他店里歇个脚，他们蜂拥而入不是为了消遣，而是例行公事，鉴于他们的消费习惯，他们的到来也不是那么讨店主喜欢。经过慎重考虑，我决定只买半瓶水，因为沿途一定还有其他供水点。伴着一声不悦的叹息，店主收下了我的三毛五分钱。

解渴后，我穿过大路，踏上一条最终通往一片林木的小路。稍往前走，它呈现出一处十分古朴的景致：在一条小河上架着一座石桥。

作为朝圣新手，我感到强烈的兴奋不安。我想高歌一曲。似乎要不了多久，我将穿越布劳赛良德森林，迎面遇见一群骑士，并经过石头建造的修道院。不必说，我顿时热血沸腾。要平息这样的热情，我所掌握的唯一方法就是杜撰故事和创作小说。不知不觉中，在奔往圣地亚哥的路上，我发现了一种新解药来医治我的狂热。因为朝圣之路充满落差，常常浇灭想象的冲动。它的任务，我敢说，就是让朝圣者服从。其实，我方才以为自己潜入的自然景象只是幻景，一道开胃菜。很快，水泥砖墙就回来了，触目可见凋敝的菜园，污水桶，有精神分裂症的狗，它们被链条拴着，一旦有行人走近便发怒狂吠。

激情迅速回落。或许可以求助于人为方式来刺激它产生。可这就需要大量的酒精或印度大麻才会将这些狗当成喷火的妖怪，把走到家门口呵斥它们的老妇人当作《堂吉诃德》中的杜尔西娜雅。

事实是，对于世界的失望在朝圣之路上变得越来越深刻，原本这条路是让人重温年少时的情感的。我想，大约需要两个小时来擦亮眼睛认清现实：朝圣之路就是一条路，仅此而已。有上坡，有下坡，会打滑，让人口渴，标识明确或模糊，沿着公路或隐藏在树丛中，每一种情形都有各自的优点——不过当然也有诸多缺点。简而言之，撤去梦想与幻想的成分，朝圣之路忽然现出它的本来面目：一条布满艰辛的长路，平凡世界的一个断面，一场对身体与心灵的考验。需要打几场硬仗才能为它增添些许精彩。

徒步者的注意力很快便集中到一个更加平庸的目标上：

不要迷路。为了避免走错路，要不断地寻找道路标识。雅凯的标记有好几种，朝圣者很快就学会了如何分辨它们。找出路标成了他们的第二本能。在广阔的景色中，遍布细节、平面和远景，需要眼观六路，像雷达般即时捕捉指向圣地亚哥的界标、箭头和指示。这些标记之间离得越来越远，让人无法定义它们的固定间隔。随着朝圣经验不断累积，渐渐地，它们仅在需要的地方才会出现。这里，有一个分岔路口，经过的人都会迟疑：一块水泥圣地亚哥界碑毫不含糊地给出了指示。那边，有点儿长的一段路线，行走一段时间以后，会让人心生疑虑，想调头往回走：一个黄色的箭头明确指示继续前进。这些大大的黄色箭头，容易辨别，也不复杂，是路标中的小士兵，而界碑，带着陶瓷贝壳，更像是军官。就算它们自中世纪以来就待在相同的地点，这些路标如今也有了现代的一面：蓝的底色，和欧盟旗帜的色调一致，扇形贝壳由尾部聚拢在一处的单线条勾勒而成。有时，在某座城市的入口处或一条主干道附近，一块巨大的路牌上印了同样的贝壳图案，上面用威胁的口吻提示道："朝圣者，当心！"如此一来，徒步者便立即明白他走的路是对的，并且接下来很可能要脱一层皮。

第一天早晨，我还没到那个层次。作为圣地亚哥文体的初读者，我仅仅满足于认真观察道路四周以便发现黄色路标或蓝色贝壳，尚未形成习惯性动作。

从伊伦出来后，箭头们将我带到了海兹基贝山，朝圣之路沿着山势攀行而后展开。这是一座宜人的小山，从山上可以看见下面山谷的全景。时不时地，从一处观景台能望见一片土地和水域，直到天际。人们开始明白朝圣之路的美妙确实存在，但它们并非一直在那儿。需要我们去寻找，有些人甚至说需要人们去配得上它们。朝圣者不可能在行走时嘴角永远挂着印度圣人般狂喜的表情。他会做鬼脸，会疲劳，会诅咒，会抱怨，而正是有这些小小磨难做背景，他才能够在偶尔见到一片壮丽风景、经历动情时刻、遇见相知相惜的朋友时感受到喜悦，这样的时刻越是不期而至，喜悦便来得越发强烈。

第一阶段是整条北方之路中最美丽的。爬完海兹基贝的山坡，路径开始下行，尽头是一处小港湾，位于两条陡峭的河岸之间。得乘渡轮到对岸去。小小的汽艇上挤满了要去采购的当地人。到了对岸以后，右转朝着大海走去，随即登上陡峭的海岸，脚下，是一座美丽的红白相间的灯塔。海关线在海边高高的山坡上，途中不时有些缺口，从缺口望出去就是海平线。

　　触目皆是荒野和荆棘，漆黑的悬崖，深蓝的海洋，波涛从四面涌来，这一切都更像是爱尔兰而不是西班牙。

　　刚踏上第一程就有幸见到这么多的美景和自然风光，朝圣者可能会产生错觉，以为一路下去都会似这般美好。别惊扰他们的美梦：时间很快会告诉他们，接下来还有毫不省力的郊区要穿越，还要沿着高速公路往前走。在旅途的开端，新手需要让自己安心，而风景能够使他安心。因为，跋涉几个小时来到陡峭荒芜的海岸尽头时，他发现了一番新的壮丽景象：圣塞瓦斯蒂安海湾就呈现在他脚下。泡沫形成的花边围绕沙滩形成完美的圆，海滨大道设计得那么庄严，既是为了看，也是为了被看见，长长的林荫大道修得笔直，行人在宽阔的人行道上漫步，多诺斯蒂亚（圣塞瓦斯蒂安的别名）的一切，都令看够了阴暗岩石和海鸟的朝圣者心醉神迷。

　　这时沿着石板路开始了一条长长的下坡路，石板路维护得很好，在栽种了柽柳的露台间蜿蜒前行。

野蛮人在都市

下山的时候，天下起了雨，圣塞瓦斯蒂安很快被细雨蒙上了一层面纱，愈发美丽迷人。唉！这增添的美丽也引起了一个现实的麻烦：我必须从包里扯出雨衣，飞快地套上，第一次体验它们的不便。在这第一天里，焦虑不断逼迫着我，我走得顾不上吃也顾不上喝。见到城市，我一下子想起了进食的不可或缺：用餐的渴望让我忘记了眼前的美景。生平头一遭，我的肚子战胜了眼睛。

说到这儿，我在犹豫要不要叙述遭遇的第一个意外。还是说吧，因为在我看来，关于如何适应朝圣者的生活条件，它是一个具有重要意义的阶段。徒步者很快就成了流浪汉。出发时衣着讲究举止文明，可用不了多久，在朝圣之路的影响下，人们很快丧失了廉耻心，还有尊严。就算不是彻底成了野兽，至少已经不完全是人类了。这可算得上对朝圣者的定义。

通往圣塞瓦斯蒂安的下坡路漫无尽头，半路上，也许是受这些进食想法的干扰，我产生了一个无法克制的冲动，是这些天便秘的后果。踏出的每一步都在我的肚子里引起令人难以忍受的回响。小山上的这处位置种植着稀有的树木，遍布林荫道和池塘：是一个真正的公共花园。雨还在下，四周无人。怎么办？在其他情况下，我应该会表现出英雄气概，憋着继续下山。令我诧异的是，自己已经被朝圣者上了身，他命令我做出别样的举动。我把包放在供家庭野餐的石桌上，跨过一处修剪好的篱笆，在一片花圃里蹲了下来。

回到放包的地方，我心中骤然一惊：也许有人看见我了。公园四面开放，在这座陡峭的山丘上，从高处望下来斜坡的一切尽收眼底。如果我被人看到在巴斯克地区的公共花园里减轻负担，会怎么样？一时间我想起了孔蒂码头丑闻。想到这里，我放声大笑起来，背上包，头也不回地继续向前走。我用风帽把头包紧，离开了犯罪现场，罪证是凄风苦雨中的树丛下的一团灰影。正是这样的经历让人估量自己新的弱点，那是一股强大的力量。我们什么都不是，也不再是一个人，只是一名可怜的朝圣者，举止无足轻重。即便我被发现了，也不会有人对我提起诉讼。我只会被人踢着赶出去，像个微不足道的流浪者，一如我现在这般。

也许这就是出发的动机之一。无论如何，我就是这样。随着生活将你塑造，赋予你责任和经历，你似乎越来越不可能抛下根据你的职务、你的功过得失打造的沉沉的戏服，成为另一个人。而朝圣之路，它，实现了这个奇迹。

前些年，我成功地穿上了华丽的社交外衣，可我不希望它们变成豪华的裹尸布，埋葬我的自由。于是，在官邸有十五名穿白色制服的人服侍的堂堂大使，在宫殿穹顶下鼓声中当选的法兰西学院院士，竟然跑到不知名的公共花园树干中间隐藏最微不足道最令人厌恶的罪行。随你信或不信，可这真是一段实用的经历，我愿意向其他人建议。

我穿越圣塞瓦斯蒂安笔直的街道，来到海边，其间一直下着毛毛细雨。这第一段路程又一次让我认识到我的新处境：一名朝圣者从来抵达不了任何地方。他路过，仅此而已。他既融入他所在的地方（徒步者的身份使他能够直接接触当地的风土人情），又与这一切保持了可怕的距离，因为他注定不会久留。他的着急离开让人一目了然，就算他刻意慢行。他算不上游客：游客匆匆忙忙参观名胜古迹，可至少他们来是为了看这些的。而朝圣者存在的理由要去别处寻找，寻觅的终点，就在孔波斯特拉大教堂前的广场上。

在一派贵气的圣塞瓦斯蒂安，面对奢华的海滨，豪华的别墅，精致的商店，我立刻觉察到自己的微不足道，近乎隐形。人们看不见朝圣者。他无足轻重。他的存在如昙花一现，可以忽略不计。街道上，人们忙着自己的事儿，就算那些在闲逛或慢跑的人似乎也没注意到这脏兮兮、没刮胡子的邋遢鬼，正背着包弯腰弓背地走过。

来到有着完美弧线的贝壳海湾，我下到沙滩上。雨驱散了行人，海滩上空无一人。然而，一角晴空给天空带来片刻喘息。雨停了。天边呈现翠绿和靛蓝的色彩，在绿色岛屿和海岸的衬托下显得格外分明。我把包放在沙滩上，脱掉鞋子，把脚浸入温暖的海水里。然后我回到放东西的地方，在沙滩上躺下来。海平线纯净的画面定格在我的两只光脚之间,长途行走令它们变得通红。散步的人们回来了,宠物狗又开始在沙子里抖毛。无论是人还是动物都没留意在沙滩上歇脚的、衣着与这优雅的度假胜地毫不相衬的雅凯。可是,就像垃圾无人拾捡是因为人们知道大海会将它们带走,朝圣者并不会引起当地人的不安,他们相信很快就能见到他离开,回到旷野中去。片刻后,我的确离开了,因为雨滴又重新落下。我走过长长的海滩,穿过几条隧道,没多久就来到了城市的另一端,伊格尔多山脚下。我沿着在豪华地产项目中蜿蜒向前的道路行走,所有店铺都关着门,是本赛季前的应有景象。一步一步地,我离开了城市。

事实上,尽管圣塞瓦斯蒂安有好几家庇护所,我是打算从第一晚开始就在野外露营的。

第一次秘密露营

这段路已经很长，伊格尔多的山坡让我爬得气喘吁吁。脚下，还有漫长的路途要走，才能远离城市。尽管已经走进圣塞瓦斯蒂安的乡村和沿海荒地，可还是得越过最后的民居，那些被临近的大城市用新房充斥而膨胀的小村落。

在一条狭窄的路上，在这些满是独幢别墅的村子的出口，我又惊又喜地发现了一个友好的信号。有人沿着一面墙为朝圣者摆放了一张小桌子。一坛坛的水让他们可以重新灌满空了的水壶。挡雨板下有一本留言簿，徒步者可以随心留下评论。一块标语牌祝他们朝圣一路平安，而且十分具体地向他们指出此处距离圣地亚哥"只"剩下七百八十五公里了，真不知该称之为残忍还是好意。特别的是，牌子上还用一根小链条系着一个印章，用以认证这段行程。在圣塞瓦斯蒂安，我没能在通行证上盖到章，因为我到的时候旅游局关门了。作为朝圣新手，我还没有老手们的经验，他们知道去药房、酒吧、邮局甚至警察局给他们的雅凯护照盖章。于是我一无所获地离开。因此，在这一段不知名的、几近荒凉的路上，多亏了这个做成漂亮贝壳形状的红色印章，我终于，感慨万千地，给我的纸上旅程刻上了第一个印记。我写下了热情洋溢的字句，为给了我这份礼物的无名氏，感激之情不亚于布拉森[1]对他的奥弗涅朋友。然后我继续前行。

下午提前到来了。太阳又出来了，阳光下，溽热的天气让我大汗淋漓。得加快步伐方能找到一个合适的地方露营。

我事先选了几处地点，可是每次快到的时候，就发现它们要么太靠近农场，要么过于暴露在马路的视线下或者不够平坦。最终，临近傍晚时分，我跨过一道带刺铁丝网，找到了一块还算合适的田地。越过篱笆，可以看见大海，一望无

1　Georges Brassens(1921—1981)，法国歌手、作曲家、诗人。他写过一首歌名为《献给来自奥弗涅的友人》，表达对友人在危难中相救的感激之情。

际。大型远洋货轮在远处来往穿行。我支起帐篷,安上露营的所有装置,在一个小炉子上煮我的晚餐。

夜幕降临,我凝望夜色许久方才安然入睡。一天之内,我失去了一切:我的地理标签,我的社会地位和头衔能够赋予我的愚蠢的尊严。这份体验不是某个周末的偶尔放纵,而是一个全新的、将会持续下去的状态。

在我忍受着不舒适、预测接下去还要承受多少苦难的同时,我在这份清苦中体会到了幸福。我明白了要找回本质上的东西,失去一切是多么重要。第一天的夜里,我估量着这举动的疯狂和必要性,心想,深思熟虑之后,我幸好踏上了这条路。

少量的体能训练,让朝圣者的白天很好打发。夜晚则是另外一回事了。一切都取决于无论何处、无论和谁都能睡着的天赋。在这方面有许多不公平:有些人,头刚挨着枕头就沉沉入睡,旁边就算有火车经过也吵不醒他们。另有些人,包括我在内,就总得直挺挺地躺上好几个小时,睁着眼,双腿焦躁地来回摆动。在这些漫长等待的尽头,他们刚要入睡，一扇嘎吱作响的门，一段低声的交谈，一阵沙沙的响声都足以将他们惊醒。

当然，他们可以求助于安眠药。唉！我一生消耗了太多的安眠药，以至于它们对我已经丝毫不起作用，除了给我的失眠再添上头痛的毛病。

在这种情况下，夜晚意味的不是休息而是考验。在朝圣的漫漫旅程中，不眠之夜不能太频繁地发生，这只会给朝圣者压上比背包更为沉重的负担。

前往孔波斯特拉的一路上，特别是在西班牙，有一些特别的歇脚点，叫做庇护所。它们是旧时中世纪"朝圣者旅馆"的后继者。特色在于它们极为低廉的费用。只需几个欧元，就可以有一张床，一个公用淋浴，一个供人们做饭和用餐的角落。提供的这些服务都很简朴，类似于青年旅馆甚至是自然灾害后的紧急收容所。一些庇护所位于修道院内部，另一些更世俗一些，位于市政场所。还有一些，是私人的。我对这些地方并不反感，不论是其杂乱，充斥其中的体臭，还是某些"工作人员"实在算不上殷勤的态度。唯一让我感到不悦的是我确信，从跨入门槛起，我虽能找到床铺，或许还有餐食，但肯定不会有睡眠。更糟的是，在这些混杂了各色人等的地方，我知道又会痛苦地出现令人气愤的睡眠天赋问题，一些人安然入睡，另一些人却阖不上眼。仅这一优势就足以让获得上天优待的家伙遭人厌恶，他们到哪儿都能睡着；再加上另一样毛病，他们一旦睡着，就发出鼾声，让其他人没有丝毫机会入睡。制造噪声的元凶并不总是那么容易辨认，因此在选择铺位的时候，我们根本无法确定自己是否离他们足够远。当然，打鼾者通常是个男人，身形壮硕，白天谨言慎行悄无声息，灯一灭立即鼾声如雷。然而我也曾经不幸遇到过楚楚可怜的娇小女子，弱不禁风呼吸轻柔，可刚一睡着，鼻腔就化为号角，吹得和在龙塞斯瓦耶斯身陷绝境的罗兰[1]一样响亮。我感觉早晚有一天我会无可避免地成为某位打鼾者的牺牲品，所以我决定尽可能少让自己置身此类危险境地，于是就带着帐篷上路。

在我的登山经验里，高山小屋对人的考验与庇护所如出一辙，我一早就通过露营避免了这一难题。从前，露营必须

---

[1] 出自法国英雄史诗《罗兰之歌》。

携带沉重的装备。现在有设计得很好的登山帐篷，重不到一公斤。再加上一个户外睡袋和防潮垫，全副武装的重量还不足三公斤。就算背上十套这样的装备我也觉得不在话下，只要保证我的夜晚能安然度过。再说，我也喜欢睡在户外。空气穿过帐篷，给沉睡者，不管是否醒着，送来更广阔的气息，那是自然的味道。你可以在地面上挪动，慢悠悠地，唱歌，朗诵诗歌，点亮灯火：这不会妨碍任何人，除了来此游荡的动物，有时能听见它们在附近奔跑的声音。

野外露营在西班牙是严厉禁止的，即使是夜间露营（在日落和日出之间搭起的营地）也不行。这样的禁令显然是很难遵守的。没有什么比违反不适用的法律更能给人带来快乐了。它让人感觉自己比社会更合理。另外，这是一个微不足道的反抗行为，因此，能产生友爱之情。

因为人们很快发现，西班牙民众对露营者表现出极大的宽容：不仅容忍，还给予帮助。

露营朝圣者的幸与不幸

在朝圣之路的头几段,从边境一直到毕尔巴鄂,我被累垮了,就像在码头被渔民扔到路面上的章鱼那样软塌塌的。即使旁边没有人打鼾,我也要花上一段时间才能在坚硬的地上睡着,然而一大早的热浪可不理会这么多,太阳刚一升起,我就热得在睡袋里待不住。我很快发现,当初为了比利牛斯高山路线买的睡袋,在西班牙的春末使用实在是太热了。

刚起床,因为睡眠不足而昏昏沉沉的我,得走到一间开门的咖啡馆才行。一早就生火架炉子实在太令人沮丧,在这个生活便利应有尽有的国家,真的没理由像在高山上的荒郊野地里那样度过。

唯一的问题在于露营的所在和咖啡馆林立之处二者之间的矛盾。一个是人们选择的露营地，另一个是喝奶油咖啡的地方，它们之间的寥寥数公里每天早晨都得在深度昏迷中走完。过去从不知道人在昏迷中还能行走。通常在朝圣之路上这会儿应该已经深入丛林，沿着美妙的小径欣赏沿途景色了。只是不能在清晨六点钟，肚子也得先填饱才行。

处处都有清泉和湍流的标记，供朝圣者饮用和盥洗。在庇护所没机会洗澡的人在机会来临时可得抓住。有几个早晨，在朝圣之路尚未恩赐我路过一间小咖啡馆时，我就这样将自己浸入冰冷的水中。同一件事，彼时可能令人愉悦，此时却会让人沮丧。当人们终于来到一个村庄吞咽下些许食物后，疲劳、缺觉少眠、泡在脏衣服里的感觉，都在咖啡因的驱使下麻木了，于是一整天都在晕晕乎乎中度过。

在巴斯克地区，朝圣之路沿着海岸线一路蜿蜒。名字拗口的海水浴场和荒芜的海滩交错出现。新手徒步者不断发生的恶心让我的记忆模糊了。在它们的表面漂浮着一些不连贯的图像：位于精致海滨的旅游咖啡馆，遛狗的情侣，慵懒的自行车手以及掩饰不住他们的急切，等着喝上第一杯酒的英国人；沿海而建的公路和一座堤坝上的岩石；一处海滨浴场的奢华房屋，为在此诞生了高级时装设计师巴伦西亚加（Balenciaga）而自豪，鹦哥绿的山谷里散落着白色的漂亮房屋。

永远要当心绿色的地区。如此茂密的植被，如此繁盛的草木只能有一个来源：雨。这第一周经历的风景我尽管记忆不清，对于巴斯克地区敲打在我背上的疾风骤雨却是印象深刻。在德巴，我不得不到一家旅馆暂时歇息以晾干我的所有装备。我也藉此设定了整个朝圣旅途中的行进节奏：两三天的露营，然后住一天的小旅馆。不经意间被灌输了朝圣者节俭的思想，我安慰自己一晚旅馆房间的价格大约等于庇护所价格的三倍，我并不比"普通"雅凯开销大。

正是在这一段旅途中，我遇见了最不同凡响的露营地。我曾经睡在两面悬崖之间的缝隙里，在那里，岩石层被潮汐侵蚀磨平，像一把巨大梳子上的梳齿，插入海浪的长发里。粉红和灰色的岩石构成许多平行线，从海岸向天际延伸。退潮时，可以走上这条铺满石块的神圣路径，水从石块间潺潺流过。我在这里有幸目睹了一次壮丽的日落。太阳的最后一抹光线正要消失在天边，顺着海面上岩石绘成的轨迹一直投射到我身上。天空是纯净的蓝色。我几乎恢复了正常的意识，因为前一晚在一家酒店里的一顿饱餐，让我恢复了精神。我变得有些乐观。我把帐篷小心翼翼地安扎在悬崖边的一片田野里。农民们傍晚就离开了，肩上扛着长长的耙子，那是用来收集干草的。夜色悄悄降临，如果运气好，睡眠也能随之而来。唉，一个小时后，不知从哪里来的一阵暴雨猛烈地拍打海岸，我一晚上都忙着摁住几乎要被风刮走的帐篷。又是浑身湿透，恶心，筋疲力尽，天刚蒙蒙亮我就走了。海上的岩石在雨中染上了一层忧郁的色彩。根据我的计算，四公里以内不会有任何咖啡馆⋯⋯

孤　独

在最初这几个阶段，我几乎是独自一人。我遇见过寥寥几个朝圣者，并让自己远离他们。在孔波斯特拉徒步者的群居世界里，不在庇护所过夜是极不合群的做法。在这些聚集点，习惯的不同让人们被迫相互认识，比如在床位选择的问题上("您要上铺还是下铺？")，这一重要抉择往往成为初次交谈的开场白。

在北方之路，朝圣者数量的稀少令人们在行走途中遇不见或只遇见很少的人。如果走得够快，有时会超过一些人或团队。一开始老远就看见他们的背影。一个挂在他们包上的贝壳随踏出的每一步计算着时间。越走越近了，在超过他们的时候，照例说一声"Buen Camino[1]"。这不是西班牙语而是世界语，德国人和澳大利亚人也经常使用。它并不表示这人就会说卡斯蒂利亚语[2]，如果您再用塞万提斯的语言说一句，我敢打赌那位朝圣者会摇摇头面露难色。

我非常适应我的孤独。它于我甚至是必需的，让我更能适应流浪和物资匮乏的新状态，那是朝圣之路的必修课。当我看见一些情侣或团队，我觉得他们似乎缺少了些什么，不能完全体验朝圣者的生活。就像在语言实习阶段不去学当地的语言而只和本国同胞为伴，在我看来，如果不经历极致的沉默，反复的思考，放弃任何亲密的陪伴都难以避免的陋习，是不可能真正适应朝圣之旅的。

去往孔波斯特拉的路上，我也赢得了我最初的嘉勉：通过在最初几天里观察那份严峻的孤独。我的脸上长了一层短胡子，衣服被泥土和在地上煮食时散落的各种食物弄脏。而我的精神，经过步行的锤炼，失去了它往日的习惯，被恶心和疲惫所笼罩，却将经历巨大的嬗变，很快就具备了一个真

---

1 西班牙语，朝圣旅途愉快。
2 即西班牙语。

正朝圣者的精神素质。

从前那些无足轻重的事，有些甚至在出发前都不了解的事，逐渐占据了极为重要的位置。认出指明方向的标识，为三餐采购食材，在还来得及的时候，找到一块平整的地面好支起帐篷，考虑哪些东西可以背在背上而哪些东西太重了，这是雅凯们的主要活动，甚至日夜为此而操劳。

伴随着这种转变，他们成为与过去的自己完全不同的人，并且随时准备好要遇见其他人。

最初的适应阶段的尾声大约是在我抵达哲纳汝加修道院的时候。沿着一条中世纪韵味十足的古老的石子路，就来到了修道院门前。这条树荫下的巷道，在我经过的时候，还因为前一天的雨满是泥泞。一走出低洼的道路，灿烂的阳光迎面扑来，它照亮了荆棘丛，让山坡上的草地闪耀着柔和的绿色。修道院位于一座坡顶，在那里，巴斯克乡村的景色一览无余，深蓝色的天空里点缀着大朵的白云，田野被映照得忽明忽暗，斑驳陆离。在附属教堂前矗立着三根花岗岩石柱，标志着这段路已到尽头。穿过门廊来到一座庭院，右边是教堂，左边是修道院的建筑。整个修道院一片空寂。庭院的另一头通往一个绿草如茵的公园，从那里攀往高处，就是成片的树林。有一间小商店出售修士们制作的物品。商店关着门，不过有一部对讲机可以呼叫负责的修士。我摁了门铃。一个沙沙的声音请我绕过那栋现代建筑到厨房前面等。这时我才注意到，在教堂背后面向山坡的地方，建了一座很新的小楼，装有落地窗，看着像是住宅楼。我拐过弯，来到这座新建筑脚下延伸出来的露台上。等待着。

出于朝圣者的本能，我将背包放在地上，揉了揉肩膀，就地倒下，头靠在墙上，脸冲着落日。松懈可以很快地把一个人从放松变为极度不修边幅。并且，我马上脱掉鞋子和袜子，专心致志地检查我的脚趾。此时，我面前出现了一个穿蓝色工作服的小个子男人。秃头，目光敏锐，嘴角带着笑。格雷戈里奥修士向我表示欢迎。他相当权威地带我去看朝圣者的寝室，我则光着脚跟在后面。那是位于现代建筑边上的一个很小的房间。我们通过一扇隐蔽的门进入房间。里面的家具就是金属双层床，以及一张塑料贴面的桌子。总共可以容纳八个人。修士搬出对朝圣者讲的套话，压根没在意我。最后，当他讲完以后，我才有机会问他能不能在屋外支起我的帐篷。我尤其中意那个竖立着耶稣受难像的小花园。在一棵巨大的梧桐树保护下,从这个三角形的绿化空间可以欣赏几座山坡的美丽全景,并且那里还安放了一张公共长椅。格雷戈里奥告诉我,如果我想在那里入住,没有任何不便之处。

就在这时出现了一行四个女人的团队,她们刚刚气喘吁吁地爬上斜坡。一见到她们,格雷戈里奥的眼睛顿时亮了。

接待我的时候他只是机械地表现出礼貌;面对新到的客人,他表现出大得多的活力。得知她们是澳大利亚人,他叽里咕噜地说起了英语。他兴奋地抓住她们每个人的手臂,带她们去寝室。我听见他又开始照本宣科,不过这一次,他格格地笑得很大声。女人们用笑声回应,他就笑得更开心。他出来的时候,又来了三名奥地利女子,修士的激动之情顿时倍增。他说起德语的自豪感丝毫不亚于刚才试着讲英语的时候。

女士们安顿的时候,他和我待在外面。她们出来后都像我一样席地而坐,可格雷戈里奥还是站着。他告诉我们,他曾经当过修士,就在这座修道院,后来他脱离了宗教二十年。他游历了全世界，致力于一些他不愿对我们详述的活动。他一边说，一边捏了捏一个大个子奥地利女人的肩膀。这位女士来的时候放下一个硕大的背包，可她就像拎一个小靠垫那么轻松，她看我的眼神贪婪得让我有些胆战心惊。

此时，修士放过了奥地利女人，转而摩挲起一个澳大利亚女人的手肘。脸色苍白嘴唇紧绷，她看上去没有她的日耳曼姐妹那么贪婪。可是格雷戈里奥太逗了——再说他毕竟是个修士——所以这位严肃的女朝圣者也就由着他去了。她甚至显得挺高兴。

格雷戈里奥说起他乘着船，漂洋过海去了远方。他讲了许多关于日本和日本女人，阿根廷和阿根廷女人，美国和美国女人的逸闻趣事。每说到一段经历，他就自豪地甩出各色外语单词，不时地放声大笑。最后，他说，漂泊了二十年之后，他决定回归沉寂，回他的修道院。他很顺利地被接纳，再加上有语言天分，现在被安排负责接待工作。

他约我们做晚祷，如果我们愿意。而后，他为我们准备晚餐去了。格雷戈里奥一走，大家便开始忙着冲澡。我比较便利，因为我是唯一的男性而卫生间是有区分男女的。然后我就去支帐篷准备寝具了。

　　我回来的时候，所有女人都不见了，我估计她们都去听弥撒了。刺耳的钟声宣告着仪式的开始。

在哲纳汝加晚祷

我绕过修道院的建筑进入教堂。这是一座罗马式建筑,阴暗而高大。祭坛是用十八世纪的金色木头建造的,装饰有雕塑和胸像,祭坛的柱子几乎要触到教堂的穹顶。在黑暗中看不分明。忽然,有一只看不见的手打开开关,祭坛亮了。金子的反光,雕像的肌肤,画像的蓝色,在裸露的石头形成的暗淡背景中熠熠生辉。很快,修士们披着圣衣排成单列鱼贯而入,呈弓形坐下。共有六人,格雷戈里奥也在其中。几乎认不出他来了。轻浮狡黠的滑稽演员变身为庄重的修士,表情虔诚,目光凝重地望着被钉在十字架上的基督。

我的同路人,奥地利和澳大利亚的女朝圣者们,分散着坐在教堂的木头长椅上。通过每一个人的态度可以推测出她们的修行状态。有一位抬起双眼，凝视着石头穹顶，让人感觉她在此刻的宁静中寻找的只是通向大同世界的动力。另一位，失落地跪在十字架前，表明她信奉的是基督。第三位，应该是路德教教徒，在翻一本圣诗集，那是晚祷刚开始时一位修士发放的，这说明如果不依赖文字她无法理解祷文。不幸的是，这些文字都是西班牙文，对她而言诗文本身已经晦涩难懂，何况又是用卡斯蒂利亚语写的。在我边上一排，我发现大个子奥地利女人迎上了我的目光并回报以一个意味深长的笑容。我不会幻想自己多有魅力，我很清楚是我身上的阳刚气让她有这样的反应。这一位似乎根本不相信肉体的复活，她看起来已打定主意要在凡间得到满足。

修士们开始唱歌。其中一位演奏风琴。他们因俭朴生活而饱经沧桑的脸上体现着西班牙的神修神学，强大而庄严。当中的三个人留着黑胡子，使他们看上去像格列柯[1]笔下的人物。

祷告的魔力震撼了我们所有人。这就是朝圣之路的特别之处，无论朝圣者的动机如何，都给他们带来出乎意料的宗

1　El Greco(1541—1614)，西班牙文艺复兴时期画家、雕塑家、建筑家。

教情感。徒步者的日常生活越是平庸乏味，越是充斥着痛苦的水泡或过于沉重的背包之类的琐事，这样的精神洗礼就越显示出它的力量。朝圣之旅首先是灵魂的遗忘，肉体的服从，服从它的苦难，满足它的千万种需要。而后，将我们转变为行尸走肉的艰难困苦被这些突如其来的纯粹心醉时刻打断，一首简单的乐曲、一次相遇、一场祷告的时间，肉体四分五裂，化为碎片，释放了我们曾经以为失落了的灵魂。

我正思考着，教堂的门突然打开。修士们不动声色，继续唱歌。可对于我们，信仰不那么坚定而热情又比较脆弱的朝圣者来说，这干扰打断了我们的精神锐气。一个人走了进来，接着两个，然后四个直到二十多个。是西班牙人，有男有女，看上去都过了退休年龄。他们穿着长裤和白色T恤。大部分人手里都拿着相机。闪光灯在黑暗中闪烁。侵入者们假装压低嗓门交谈，但已经足够盖过单旋律圣歌的音色。访客们不知羞耻地在十字架前散开，笨拙地行屈膝礼，而后在听众席坐下。乱翻圣诗集的噪声延长了骚动持续的时间。常客们告诉其他人页数并且试图用假声跟着唱叠歌。闹剧进行了五分钟后，随着一个神秘信号的招呼，访客们全都站起身来一齐离开，临走也没忘了再拍几张照片和让门嘎吱作响二十次。

晚祷在被这次干扰破坏了的氛围中结束。我们和其他朝圣者一起走到教堂外的门廊下，谈论起这些突然冒出来的没教养的人。大家普遍推测他们是某辆旅游巴士的乘客，被建议来这座风景如画的修道院歇歇脚。他们可能很快就回到车上，奔向下一个景点去了。

出乎意料的是，我们回去拿包的时候，发现这些貌似游客的人竟然还在。而且，他们正在公园小路上拖着滚轮行李箱，朝那栋新楼走去，楼的侧面就是朝圣者那间小小的寝室。绕过新楼的时候，我们看见游客们往这座楼的主要入口汇集，那里有豪华的玻璃门和大理石地面。

格雷戈里奥稍后来了，我们于是向他询问。他解释说这是一群实习生。他们租了修道院的客房——这些客房体现了这座新建筑的高舒适性。根据他说起这些访客时的尊敬语气，我们猜想他们的居留应该能给修士们带来很大的效益。

"他们来这里做什么？"

"隐修。"

"可具体干什么呢?"

"他们练瑜伽。"

我们注意到,的确,在实习生们穿的白色T恤背后,写着(用英文?)"瑜伽团"。我们中间两个去花园拍照的人回来了,据她们说,我们的好几位邻居已经在修道院边上盘腿坐下,似乎要向落日致意。

正是这样的经历让朝圣者得以衡量这个世界的演变。虽说前往孔波斯特拉的朝圣恢复了生机,可它再也不是昔日那条庄严的道路了。朝圣之路不过是后现代自由市场里供人消费的商品之一。修士们是务实的人,能够利用这种多样性,根据每个人的需求提供适当的服务。他们快速评估找上他们的各个团体的财力。对于游客,他们以高价出售修道院的产品(明信片,奶酪,果酱)。对于"瑜伽团",他们留了新楼的豪华房给他们。至于这些脏兮兮的朝圣者,他们早就看透了。来这里敲门的不是最没钱的便是最吝啬的人,因为离此地不到一公里的还算舒适的一家私人庇护所住一晚要十六欧元……修士们依照传统的要求向朝圣者提供服务,不过是最低限度的。

到了用餐时间我们就得到了验证。落日的爱慕者们聚集在一间豪华的餐厅用餐，格雷戈里奥在十九点三十分给我们送来刚出锅的口粮。里面很可能有前一个"瑜伽团"剩下的食物。菜倒并不难吃，但它被装在一个巨大的白铁皮方盘里，并且格雷戈里奥将它放在地上，让这份饲料怎么看怎么像盘狗食。

我们可顾不上这许多，大家都饿了。八个人在露台上席地而坐，我们欢快地边吃边谈。应朝圣女同仁们的要求，我展示了我的小炉子，并给大家泡了花草茶。我们把袜子摊开挂在绳子上，用衣夹固定好，那是我们所有人都不会遗漏的用品，袜子在风中飘扬，就像乡间军营里的旗帜。

瑜伽练习者们出来了，酒足饭饱暖意融融。这一支正在隐修的退休人士队伍对我们一伙人表现出了兴趣。"孔波斯特拉"这个词在他们口中传来传去。终于，胆子最大的几个人走了过来，手里拿着相机。他们并没有过来和我们交谈。再说，我们嚼着修士们给的饲料时发出的噪声恐怕也让人无从知晓我们是否健谈。可至少，我们构成了一幅优美的画面，值得被收录进实习的纪念中。照相机咔咔作响。拍照时我们摆出最放松的姿势，彻底扮演了被赋予的野人角色，这角色，必须承认，我们演来毫不费力。

然后，两个团队，他们的和我们的，就互不理睬了。我们靠在温暖的墙上，落日对我们来说是一次肉体的极大放松。我们聊起了朝圣之路，从那个不可避免的问题开始："您是从哪里出发的？"我们在交换医用胶布和水泡贴膏中加深了交流。我竭力让那紧贴着我的奥地利女人明白，朝圣之路已经让我筋疲力尽了。她应该是习惯了此类失望，在卷了一个巨大的大麻烟卷后，她对我的报复就是一口也不给我抽。

我钻进帐篷睡觉，在我的苦路下方。为了给这些供人欣赏落日的中世纪古墙增添一点另类元素，我拿出 iPad，看起了一部美国电视剧。快要入睡时，外面一阵窸窣作响，让我担心是奥地利女人溜进了我的帐篷，趁着夜色展开最后攻势要占有我。可其实应该是风或小动物。一切恢复宁静。出于我们身上都有的自相矛盾，我竟感到了片刻的遗憾……

清晨，离开哲纳汝加修道院的时候，我感到自己焕然一新。这次休整标志着适应和自愿孤独的第一个星期结束了。从此以后，我就加入了善于交际的朝圣者行列。

我毕竟还没打算跟着大家一起走。再说，在北方之路，与你为伴的只有你自己。在沿途的城市和庇护所里，朝圣者们晚上聚到一起。可是，除了那些从一开始就组成的团队，像我们的澳大利亚女朝圣者们，他们白天都是独自行走，或者，就算成群结队，也只是昙花一现。因此，后来我又遇见那些奥地利女人，我注意到，她们的三人团队已经解散。

然而，如果我始终一个人走，我就不再需要这份孤独，像在最初那几天里。我觉得自己已经足够适应朝圣之路，与作为朝圣者的新我足够协调，能够去结识陌生人，与形形色色的同类团结友爱了。

马拉松，圣地亚哥，同样的战斗！

最初几天身份的转变所造成的身体不适虽然没有消失，范围却明晰起来：所有不适都化为脚掌的剧烈疼痛，在靠近脚趾根部的位置。疼痛令人难以忍受，不过我认为这是在好转。我相信我所有的不适：夜里质量低下的睡眠、疲劳酸痛、饥饿、口渴，都首先向下集中在我的腿上，而后被我踩在脚底。

朝圣者的脚！不值一提的主题，但在朝圣之路上却相当有分量。每一段路程都让我有机会无微不至地照顾这些脚趾，在日常生活中人们总是忽略它们的重要性。有些朝圣者的脚简直是噩梦，更糟糕的是，他们还将这噩梦转嫁给他人。因为这些人很少愿意将折磨留给自己。与其他私密的器官出于害羞不便展示不同，他们还是相当乐意将双脚公之于众的。他们把脚展示给健康的人看，希望听取他们的意见，盼望着他们同情的目光或许能给水泡、擦伤和其他肌腱炎一类的不适起到舒缓的作用。沿途的商店，特别是药店，挤满了进来后第一个动作就是脱去鞋子露出伤痕累累的脚的人。我在巴斯克就见过一位有一定年纪的意大利人，神气十足，应该在某个企业或大学里身居要职，他坚持要把一只血淋淋的脚放到药店的柜台上。那只脚就像散发恶臭的战场，胶布被汗水和泥浆污浊了，却依然无谓地保护着伤口。可怜的女药剂师们用西班牙语惊叫着制止他。她们的表情显示出她们强烈的沮丧，感觉自己被命运安排在这条多灾多难的路上有多么不幸。如果买消毒剂的是一位体面的徒步者，不必脱鞋就能说明他的问题，那她们还是能够接受的。但是对那些不会说卡斯蒂利亚语，只能借助通行的肢体语言在店员面前挥舞脓血的人，她们的厌恶之情显然已经无法掩饰。她们唯一的回答就是越来越大声地重复着一堆数字。意大利人不明白她们的意思，把脚在柜台上向前挪，打翻了香水样品和治疗肥胖症的植物性产品。最后，我只好替他翻译，她们说的应该是前往最近的医院的公交车时刻表。

当朝圣者终于克服这些痛苦，进入水泡变成脚底老茧的幸福阶段后，他就小心翼翼地保护这些成果，每天晚上一到目的地，就立刻脱掉鞋袜。在宿营地，我们看见在晚饭后闲逛的雅凯们必定都穿着人字拖，凉鞋或者卡骆驰洞洞鞋。他们甚至通过穿的鞋而互相认识。我还没达到那个阶段，脚上的水泡让我痛苦难耐。我的登山经验让我出于傲慢而犯了错误。登山时我从没起过水泡，因此错误地推断去孔波斯特拉也不会有任何问题。大错特错啊。登山鞋是由细腻的皮革制成的，外面裹上现代新型面料，供走斜坡（上坡或下坡）穿着。此外，我们从来不会长时间穿着它们在山地缓步行走。朝圣之路呢，就是另外一回事了：一连数个小时在平地上快步疾行。天气炎热。每天早晨，我们都忍受着几乎没有缓解的疼痛重新出发，去迎接八到十个小时的苦难。再加上，如果你干了和我一样的蠢事，在临出发前才买鞋子而它们还没有适应你的双脚的话，后果将是灾难性的。我选的款式太小，也不舒适。在这件事上我表现得草率、自负和吝啬。俄国人（我儿子经常向我反复提起）说，吝啬鬼总是要付双倍的钱。我正是如此。在路上，我只得又买了别的鞋子。我是在格尔尼卡换的鞋。我觉得一个受过难的城市应该能感同身受地体会我的痛苦并减轻它。新买的鞋子合脚多了（我今早写作的时候还穿着它们）。不过，虽然它们能够保证我未来的安宁，但它们还没有能力立即修复我眼下的创伤，那是它们的前任（被我悄悄丢进格尔尼卡菜市场的一个垃圾桶里，当时人们正在清倒市场的垃圾）造的孽。只得耐心对待我的苦难，忍受着每走一步给我全身带来的疼痛。不过，我有信心：只要继续走下去，痛苦最终会透过新鞋的鞋底，消散到泥土里去。在中世纪，人们也曾相信，在睡觉的时候，把光着的脚放在一只狗的背上，风湿病就会疏散到狗的身体里。我几乎都要相信这个观念了。歪歪扭扭地走着，每一步都痛得龇牙咧嘴，我希望朝圣之路很快就能将我最后的苦难伤痕抹去。

正是在这种精神状态下，我来到了毕尔巴鄂，那是一个星期天的早晨，阳光明媚。徒步走进大城市总是复杂而艰难的。我没有作弊地继续前进。可走到毕尔巴鄂市郊的时候，我的脚底血肉模糊，我承认，我动摇了。半路上，我找到了一辆公交车，搭车穿过城市外围迷宫似的工厂和仓库，走完了最后的几公里。车厢里很空。下一站上来两个法国女人。她们也是朝圣者，和我一样。两个中年姐妹，精神很好，挂着贝壳，洋溢着愉快的心情。她们告诉我，这是她们第四趟朝圣之旅。每一次，她们都从不同的地方出发。她们甚至走过著名的白银之路，从塞维利亚出发穿过埃斯特雷马杜拉。出奇的是她们从不走完：她们从未到过孔波斯特拉。她们的丈夫似乎是同意独自待上十五天。超过十五天，要么她们担心失去他们，要么她们想回家了。这一次，她们的终点站是桑坦德。

她们比我更有勇气之处在于，从她们下车的站点可以登上四月山，抵达毕尔巴鄂的高处。我宁可当一名作弊者也不愿危害脚上已经结痂的伤口，于是端坐在座位上告别了两姐妹。车行一段路后，她们已经走远看不见了，这时我发现从她们包里掉出来的一小本旅游指南。这是一本详细的做了注释的小册子，陪伴她们来到此地并且标注了她们随后要去的歇脚点。我感慨地翻阅着。每个朝圣者都带着一本这样的指南，从中可以看出每个人的性格。对一种人来说，包括我，过去的事很快就可以抹去。我每走完一天的路，就把指南上对应的那一页撕下来。对于这种实践系统性遗忘的人，旅行是一场持久的不平衡；他们总是向往明天而逃避过去。我一路上不做任何笔记，甚至，看见其他朝圣者在休息站花费宝贵的静修时间在本子上涂涂写写，我都觉得挺烦。我觉得过去应该留给一个反复无常但又有魅力的专属部分来谨慎保管，我们称之为记忆。它根据事件的重要程度进行分拣，或丢弃或保留。它的选择和我们当下所做的判断没多大关联。因此那些你们觉得非同寻常和珍贵的场景往往消失得了无痕迹，而那些微不足道的时刻，发生的时候甚至不会注意到它们，但因为承载了情感，它们反而留存了下来，并且总有一天重获新生。

还有一种人正相反，比如我遇见的那两姐妹，过去和将来都同样珍贵。位于二者之间的，是现在，紧张、短暂、浓烈，要留住它的美好，就要把它记在旅游指南上。她们丢失的小册子就有这用途，她们应该感到十分痛心。我决定带上这本难得的小册子，它引导我深入另一条朝圣之路。

公交车应该开到毕尔巴鄂市中心，可一些穿着荧光背心的家伙强制它提前停下：维翁河沿岸因为马拉松被封了。我只得下车，一瘸一拐地走完余下的路。超现代街区的建筑物在太阳照射下闪闪发光，街区中的古根海姆博物馆像一朵玻璃花般盛开。周遭，依然是完完全全的后现代风格。我站在那儿，跛脚，肮脏，背着软塌塌的背包，去走一条所谓的中世纪古道，而身边满是穿着荧光紧身裤，脚蹬耐克鞋，胸前戴着运动记录仪的新人类，踩着羚羊般轻盈的步伐，在玻璃和钢材组成的风景里穿行。这风景足以见证人类对自然的征服，他对神圣的占有以及从一切创伤中获得解脱，在中世纪，人们通过前往圣地亚哥瞻仰圣物来补赎这些创伤。

几个跑道监察员毫不掩饰地把我赶出了马拉松选手专用的人行道。来到老城，我才有时间思考这一切。我得出的结论是，我现在所做的事，说到底，和这些自恋的打扮得像纽约客的跑步者并没有什么不同。只不过我经受的考验历时更长，规则也更多。它要求的是一套不同的行为准则和审美标准。可是，尽管真诚，我不得不承认，比起一千多年前真正的朝圣者，我还是更接近这些二十一世纪的跑步者……

拿运动来比喻朝圣让我坚定了一个想法，一周的步行之后，我应该在毕尔巴鄂进行充分的休息，如果我想保持状态走完八百公里，而不是像旁边人行道上的选手那样只需坚持四十二公里。因为这才是挑战，在这场被称为"朝圣"的征途中。

毕尔巴鄂

一周的徒步行走只能算是一次散步。漫长、艰苦、不同寻常，这是自然，但是八天也相当于一次假期。从那以后，人们就进入了一个全新的时空。日复一日，坚强努力，累积的疲劳，这一切让朝圣之路成为无与伦比的经历。在毕尔巴鄂，即将跨过八天的期限时，我感到一阵眩晕。有一种想把一切都停下来的强烈冲动。毕竟，我看够了：我似乎已经明白了什么是朝圣。再走下去对我没有任何意义，除了每天累加相同的日子。这念头蛊惑我去做任何朝圣以外的事来占据这段自由时间。我的脚还没结痂：它可以成为提前打道回府的借口。我完全可以过几年再来，准备更充分地，走完朝圣之路剩下的部分，这样花三四年时间，分段完成整个旅程。

我在毕尔巴鄂市中心要了一间很小的客房，有淋浴和一张床。楼下的小巷里，星期天的人群欢笑尖叫着，直到一阵骤雨把他们都赶走。我在半睡半醒中梳理着令人安慰的返程的念头。明天一早，我就去查询回法国的火车票。我已经想象自己舒舒服服地在车厢里就座，向着边境疾驰而去。我睡着了。

可朝圣之路远比这些试探你的魔鬼强大。它老练又狡猾：它先让它们表现，暴露自己，让它们以为自己成功了，然后突然，它唤醒沉睡者，让他大汗淋漓地从床上坐起来。朝圣之路就像堂吉诃德的塑像立在那里，拿一根手指指责你："怎么？你要临阵脱逃，做出提前打道回府这样丢脸的事！你真是个懦夫。你害怕了。你知道你怕什么吗？你在怕你自己。你是你自己最大的敌人，那个阻碍你付出努力的人，从来都是你自己。你对自己没有信心。而我，圣地亚哥，给你一次绝无仅有的机会摆脱这些束缚，面对自己，并且战胜自己。"

于是，你走到浴室，把脸用冷水打湿，然后又一次地顺从了朝圣之路的意志。

事情就是这样发生在我身上的,我估计,还发生在许多其他的人身上。最多我休息一整天就是了;本来第二天一早要出发的,我就花一整天时间参观城市和睡觉。拿定主意后,我就出门上街了。

西班牙人喜欢在相同的时间一起做相同的事,因此在城里散步会见到强烈的反差。比如,位于老城中心的新广场,星期天人头攒动拥挤不堪。接着,忽然之间,广场就空了,只剩下游客,就像捞网底部残余的小虾。向上通往贝戈尼亚大教堂的台阶直到傍晚都空空荡荡,圣雅各大教堂直到晚上的弥撒之前也空无一人。不过,在我去参观的时候,还是有大量前来祈祷的信徒以及游客出入。我大步走到祭坛,参观了半圆形后殿的小礼拜堂,这时发现前面有两个朝圣者。我之前说过,到了歇脚的站点,徒步者对自己的第一保健就是脱掉鞋子。凡是露着脚趾在一座雅凯城里散步的,不论城市多大,这样的人都极有可能是朝圣者。我前面就有两位此类典型。我的注意力在走近时愈发加倍了,因为我发现那是两位女士。最终,当我越过她们再回头看时,最后的疑惑消除了:真的是公交车上那两姐妹。认出我后她们大叫了一声,然后我们欢欢喜喜地离开了圣殿。正是类似这样的机缘巧合让我们开始相信奇迹。

我同她们一起走回我的住处，把那本宝贵的旅游指南还给了她们。她们高兴得语无伦次。我有些嫉妒她们，因为依我的方式，同样的幸福不会发生在我身上。由于不留下过去的一丝痕迹，或许需要某一天有人对我说："瞧，我找到了你的记忆。"可唯一能完成这奇迹的人，就是我自己，而我有时真希望有人能把我从中解脱出来。

我们到一家咖啡馆的露天座庆祝重逢。大家感觉彼此已经很熟悉了。她们更多地透露了她们的生活，也就是她们的那些朝圣旅途，因为我说过，朝圣者通常只愿意公开他们生活的这一部分。而我并不需要避开她们的好奇心，因为她们只询问了我的路线。她们第二天上午就出发，我们应该再不会见面了。

在毕尔巴鄂的第二天让我见识了这个城市勤勉努力的一面。午餐时间，餐馆里满是着西服领带的管理精英。这里的商业区和巴黎第八区很相似。我把背包留在了旅馆，可我的人字拖和肮脏长裤足以使我看上去像一个外星人。然而，大城市的优点就在于包容一切。朝圣者在这里是属于另类,可没有人在意,他们可以像幽灵一样四处游荡。尽管如此,孔波斯特拉旅游指南还是建议我们不要去某些高档街区,因为那里的商户"不欢迎朝圣者"。我估计在巴黎,如果有一个像我这样脏兮兮的行人误打误撞来到蒙田大街,走进香奈儿店里打算买鞋,应该也不会受人待见的。

我不想这样鲁莽行事,于是在参观了该参观的博物馆和教堂后就回旅馆了,什么也没买,除了在一个摩洛哥水果贩那儿买了一斤苹果。他会说法语,我问他在毕尔巴鄂是不是有很多北非人。他带着厌恶的表情说:"这里可什么都有。"我赶紧走了,不愿冒险听他抱怨非法移民……

我一个人待在房间里,越来越精神越来越有劲,便研究起第二天的行程。说实话,这是阻止我安然离开毕尔巴鄂的最后一个障碍。

到波图加莱特的短途旅程据说十分令人失望。"不可能,"旅游指南里面写道,"绕过废弃的码头、工业荒地还有被非法占据的工人宿舍楼。"可是为了让徒步者在这十四公里当中坚持信念,它又补充道:"朝圣者在这样的环境里可能会感到与之格格不入或失落,不过没什么可担心的。我们不是在布朗克斯区[1]。"对于经过悠长舒适的休整舒缓了压力随后即将出发的人,这番前景可真不理想。

为了让情形变得更糟,早晨,在出发的时刻,我发现天开始下雨了。这一回不是骤雨,而是冰冷、刺骨、连绵的雨。我慢吞吞地到前台去付账,一点儿也不着急出门。就在此时,旅馆的前台值班员给了我一则信息,我像溺水的人抓到救生圈那样抓住了它。

"您要去波图加莱特?"他先是无精打采地问我。

城市里的居民对朝圣者们荒诞的来往穿行毫不感兴趣。这名男子只是出于礼貌向我提出这个问题,也许因为我们是这间蹩脚酒店里唯一醒着的人,他甚至还没亮灯。我不紧不慢地回答说是,又问他路怎么走,好延长交谈的时间。

"第一个路口右转。接着,走下台阶。别走错站台。"

"站台?"

"这里有两条地铁线。"

---

[1] Bronx,美国纽约五个行政区之一,居民以非洲和拉丁美洲后裔为主,犯罪率在全国数一数二。

地铁！我什么都考虑到了，可就是没想到这座城市是有地铁的。我想它是上天特意为我而建的，由于我开始思考我的新身份，我仿佛看见圣雅各在这个地下建筑里向我伸出了保护和关爱之手。

须知所有这些不诚实的交通方式（公交，出租车，火车，飞机）都是遭到真正的朝圣者严厉谴责的。真正的雅凯只知道步行，并且鄙视其他一切方式。我搭乘公交车已经违背了这条规则，可是我有脚趾出血这个借口。这一次，我获得了充分的休息，再也没有理由听从现代性这条美人鱼的销魂歌声的召唤。人们若向我提议火车，那我是会拒绝的。可现在说的是地铁。我在巴黎生活了多年，这种交通方式我很熟悉。对我而言，在城市里它就是路线的代名词。乘坐地铁，完全不是取消严格意义上的朝圣之路，而只是在同一个城市里变换了起点。理由听着颇有道理，事实上也的确如此。然而，朝圣者的思想与常人不同。有一些属于他自己的欢乐与悲伤。他所付出的努力是深居简出的人无法相提并论的；同样的，他的喜悦，或者如果要用苦难的词汇，他痛苦的缓解，是受到内心刑法制约的。在地铁这个案子上，每个朝圣者心中都有的法庭马上就做出了审判：我被允许使用这项便利。整条朝圣之路，我只采用了两次人道主义措施：乘公交车进入毕尔巴鄂和搭地铁离开。我没有为此后悔过。

在巴斯克人去上班的钟点，我坐在崭新的地铁站台候车。我这才发现，自己已经如此融入这全新的漂泊状态。此前，我会觉得自己很不得体，上班族们都衣着整洁睡眼惺忪，而我却背个背包穿着在格尔尼卡买的矮筒靴。可现在我的感受完全相反：我悠然自得地琢磨他们的衣着，伴随着好奇甚至还有一点儿怜悯。

从地铁出来，雨依然在下。波图加莱特的著名景点吊桥，两姐妹跟我夸过它，现在被雨幕遮住了。我放弃了参观的打算，转向著名的彼得格里，红色道路。我躲到一家工业胶水厂的仓库，从包里取出防水罩裤。见证一样装备派上用场是一种难得的幸福，我很高兴享受被这件服饰包裹着的干燥舒适的感觉。

倾盆大雨下个不停。在巴斯克地区的最后一站，大雨给了我独自亲密接触自然的机会，没有旁人，空虚，放松。陡峭的海岸和设施完备的海滩等待着晴日里来野餐的人们，遮阳伞冰冷、凄凉地在雨雾中卷起，像睡美人用毯子掩藏她们裸露的身体。

狂风、咸咸的浪花和冰冷的雨水，这样恶劣的天气比面对阳光灿烂日子里的五彩缤纷让徒步者有更多的内心感受。感觉自己属于旷野，融入其中，抗拒着自然的同时心里明白，如果自然坚持，人只能任海浪卷走或被狂风吹走，这样的感受带给人难得的快感。或许不是所有人都感同身受，不过恶劣天气专业户的朝圣者族群的确存在，我有幸是其中一员。

不知不觉中，我来到一片伸向大海的陡峭悬崖边，边境很近了。我离开巴斯克地区，进入了坎塔布里亚。我对巴斯克最后的印象之一就是这样永恒的画面，仿佛只有朝圣之路才能创作出来。有那么一会儿，箭头引导我走近一条高速公路。快速道通往一座高架桥，桥位于两座山丘之间，桥身由巨大的水泥桥墩支撑，每个桥墩高达几十米。步行道则顺着山丘下行，从高速公路底下通过。在高速公路的遮蔽下，雨淋不到这里。小道上，在这个受高速公路保护的地方，有两个人正围着一匹马争吵。其中一人是个农民，另一人作骑士打扮，穿宽大的皮裤戴一顶圆帽。他站在地上拉着马的缰绳。我听不见他们对话的内容，但是他们构成的画面，在雨淋淋的山丘的绿色背景下，活像一幅牟利罗[1]的油画。我们不知身在何处，可是许久以前，有好几个世纪的时间，马是人类的工具，土地由农民耕种，由骑士保卫。换句话说，朝圣者一步一个脚印地重建出自己的中世纪，对他们而言，这些是和他们同时代的人。同时，远远的在头顶上，只听见高速公路上全速疾驰的卡车呼啸而过，以及车轴经过大桥的接缝时发出的声音。没有什么能更好地体现时间的堆积，现代的意识沉积中最新的一层不过是覆盖在之前的沉积层表面，过去尽管被埋藏却毫发无损，那是现代意识声称与之决裂的过去。

骑士重新上马。我沿着圣雅各的蓝色贝壳走下山坡，看见他沿着一条土路，往一片被湿漉漉的大树环绕的白色房子骑去。路上的幸福就是由这些瞬间组成，驾车的人们是体会不到的，他们在那上面，在现代的桥墩上畅通无阻地飞驰。

1　Bartolomé Esteban Murillo(1618—1682)，巴洛克时期西班牙画家。

在坎塔布里亚的渡船上

马上就说出来也好：我不喜欢坎塔布里亚。或者确切地说，我不大喜欢朝圣之路经过坎塔布里亚的这一段（因为我知道，在内陆，尤其在著名的欧罗巴山，自然风光原始而壮观）。我觉得这一地区的雅凯路线十分单调，令人沮丧，而且标识不清：太多沿着公路走的路段，太多工业景观，太多荒废的地块，挂满了"待售"的招牌……

尽管如此，朝圣者毕竟不是游客，别忘了这一点。他没有权利要求所见的始终是壮丽景象，就算巴斯克地区对他特别垂爱，眼前美景不断，也不能因此就认为自己有权利要求所有的西班牙地区都同样美丽。

在苦涩和烦恼的基调下，穿越坎塔布里亚毕竟也有一些十分美妙的时刻。这个省有许多美丽的城市，朝圣路要经过其中好几座。第一座是拉雷多。我是从高处进入这座城市的，当时我好不容易才走出一个高速公路交汇点。往下望去，老城的红瓦屋顶鳞次栉比，杂乱而又和谐。徒步者慢慢走下来，来到它们跟前。他悠闲地欣赏那些钟楼，小巷里的绘画，广场。最后，无数台阶将他引入深处。他来到一条商业街，路人看着不知从哪儿冒出来的他走下最后几级台阶，带着少许害羞的表情，像某个在聚光灯下登上电视娱乐节目舞台的人。

这个老区很可爱，我心满意足。可惜的是，这里是坎塔布里亚，度假胜地，早已交给贪得无厌的开发商。从前沿着城市伸展的广阔海滩，长时间都是荒凉的地方，有着无尽的诗意，现在成了看不到尽头的海滨林荫道。最杂乱的建筑，从别墅到关着百叶窗的出租屋，在一场令人头晕的比丑竞赛中争夺最前的名次。徒步者可遭了罪，他站定了，审视着四处林立的墙壁，猜想在天气晴好的周末和学校假期，这里或许会热闹一些。沿着沙滩修建的漫步道应该可以吸引一些孩子，因为沿路有一些游戏场地。而眼前，一个人也没有。最多有几个老太太在遛小狗。

雅凯们的记号，间隔越来越远，为这片海滨保留了旧日时光的记忆，那时候朝圣者得沿着沙丘走，望着海鸥从这些孤独的人头上飞过。可是老天，这海滩也太长了吧！最后的几栋楼矗立在海滩尽头，比其他房子更难看。我舒了一口气，终于可以离开它们，走向深入大海与河流之间的沙嘴。那儿突然出现一个荒芜的小港湾，要搭渡船过去。没有浮桥。一艘船漂在水中，侧面靠岸，放上一块跳板让人登船。一切，除了驳船的发动机，自中世纪以来似乎都没有改变。这是少有的和谐时刻，至少在船行的十分钟时间里，让人忘记周遭的一切，甚至爱上了坎塔布里亚。正是在这艘船上，我遇见了那个两个月以前从家里出发的上萨瓦人。

然而幸福总是很短暂，很快又要沿着国道行走。途经一片湖畔景区，它非但不赏心悦目，简直令人触目惊心。伴着溅起的水花，徒步者不禁同情那些鸭子和鱼儿，更震惊于全速前进的汽车发出的轰鸣声。挨着公路的步行道上洒满了驾车人抛出的垃圾：金属罐，油腻的包装纸，香烟盒。在坎塔布里亚，徒步者头一次意识到他自己也是个废品。他的慢节奏将他排除在集体生活之外，他成了无足轻重的人，是别人可以扬水溅洒、用汽车喇叭震聋、必要时甚至可以碾压过去的人。在巴斯克地区，成为一个流浪汉还不够。他还要降得更低，变成这个遭人蔑视的东西，在废弃的垃圾中开出一条路来。如果说这番经历是令人愉悦的，那未免太夸张了。不过在艰苦中倒也有些许快乐。在十分缓慢的水平前进中，人对自己的看法也在逐渐降低——或者确切地说，是他人对你的看法。因为正如人们通常所说（但是很难自证），谦卑到了极点就是傲慢。随着不断放低身段，朝圣者感觉自己更强大，甚至近乎不可战胜了。无所不能离彻底的苦行从来不远。正是在这样的思考中，人们逐步接近朝圣之路的真正秘密，尽管仍然需要一些时间来揭示它。

坎塔布里亚是无情的指挥者，命令我们在智慧的道路上前进。不过它也会补偿我们。在一长段柏油马路后，它又创造了一个小港湾以及渡船。这渡船是最美好不过的，它载我们去往桑坦德。

离登船的码头还有一个小时路程的地方，我远远地跟在一个独行朝圣者的后面。他引人注目之处在于他背的不是我们大家背的那种普通背包，而是一个中世纪的褡裢。他手里握着一根木棍，比我们在古老版画上见到的传统朝圣手杖要粗短许多。总之，他很奇特。

离码头还有几百米的时候，景观有所改变，我们经过一堆乱糟糟的度假地产开发项目，当然都关着门。这番景象很快就令人产生一种奇怪的感觉。仿佛置身罗伯-格里耶的电影中。而尾随一名陌生而神秘的朝圣者行走只会让这场景显得愈发怪异。

最后，当我终于追上背褡裢的男子，能够近距离观察他的时候，他更加让我惊讶了。从远处，借着他的侧影，我想象他是一个怀旧的人，披挂着朝圣路所有的传统配饰，以至于看着像乔装打扮的。事实上，正相反，除了他的包和棍子，他的穿着平淡无奇：牛仔裤，一九六〇年代风格的防水夹克，正装鞋。一副从家里下楼到街角买香烟的样子。

在船上，我们坐到了船头，和其他朝圣者一起。他们属于那种高科技的出游者，带着导航仪，穿着最新款的戈尔特斯鞋。我称赞褡裢男的装备，故意用调侃的口吻说他是唯一传承了真正传统的人，这传统延续了好几个世纪，直到人们给褡裢加了一条背带，发明了背包。

"你管它叫褡裢?"他问我。

他郁闷地看了看他的布袋。

"说实话,"他继续说,"我没花什么心思。我拿了家里能找到的东西就上路了。"

听他这么说,我感觉他是真诚的。和我想象的相反,他的穿着没有任何特别的意图。他只是一个——我从没遇见过同样的人——毫不操心也毫无准备地对待朝圣之路的人。他就是看不见问题所在。他其实就从家里带了三样东西和一个布袋就上路了。仅此而已。

话虽如此,他却是有备而来的。当我们看见桑坦德的码头越来越近,那是我们上岸的地方,便开始谈论住宿问题。他已经在一家旅馆预订了一个房间。到岸后,他是唯一直奔目的的人。可他说起这一切时,完全是一副漫不经心的样子。我感觉自己面对的是一个从前一直被我忽略的典型人物:朝圣路上的白领,高效、务实、严谨、能干。真不明白他在这儿做什么。然而此时我已经被足够同化,知道这是一个不该问的问题。

在光滑的外表中,唯一突出的物件,就是那根木棍。从近处看,我证实它不是一根朝圣手杖,更不是我们大部分人拿的伸缩拐杖；那只是一根地里的小木桩。它由粗木制成，做工粗糙，前端用斧头粗略削过，抹上了沥青。我无法克制自己强烈的好奇心，终于忍不住问他拿这木棍做什么用。

"我被狗攻击过。我拼命跑，唯一找到的能拿来自卫的东西，就是这根木棍。"

后来，他就把它留下了，打算在大城市里行走时，带着这根克罗马努人的用具。就这样，在这个奇特的朝圣者身上，有着极具二十一世纪特色的冷漠，而原始的对狗的惧怕又为这冷漠添加了一件令人愉悦的新石器时代的用品。

出发前，我在查阅朝圣之路的资料时，读到很多令人不安的关于狗的故事。一些朝圣者回来后描述了他们遭遇这些动物的恐怖经历。我问自己，如果像这些有幸逃脱的人那样遭遇这些看门犬，我会怎么办。是我运气好还是他们夸张了？整段旅途走下来，我经常听到狗叫，可它们长得通常都没听上去那么吓人，而且大部分都被关在栅栏或者围墙里面。我遇到许许多多骨瘦如柴的杂种猎犬，可笑的冲人乱叫的小狗和老狗。只能认为所有危险的狗都已经吞下它们中意的朝圣者，然后因消化不良而死去了。

管道之神

桑坦德是一座舒服的城市，即便对朝圣者而言。它大小合适，有高高低低的小巷子和名胜古迹，但又足以容纳许许多多不知名的人。你可以完全融入人群而不会感觉自己是个入侵者。按照我"露营"和"享受"交替进行的节奏，又到了找一个真正的房间休息的时候。我在指南上找了一家旅馆打电话过去。他们还有房间，于是我动身前往。

我以为是酒店的地方位于下城的一个大广场上，离港口不远。按照门牌号码，我只找到了一栋居民楼。旅馆在四楼。我摁了门铃。一位上了年纪的女士，衣着考究发型整齐，来为我开门。我以为走错了，可的确是这里。

业主——就是她——在她的大公寓里留出几个房间出

租。除了游客们占去的三四间房,一切都保持原样,无论是墙上的彩色版画,还是门口的钢琴,以及桌上的蕾丝桌布。她的客厅,在进门左手边,装饰着,如果可以用"装饰"这个词的话,多得不真实的玻璃橱柜,里面摆满了各式小摆设,另外还有天鹅绒扶手椅,织锦的壁炉挡板。

我穿过这个雅致的房间,感觉自己衣着太土气。慈祥的女主人并没有因此而不快。出租房间给她增加的收入为这项弊端买了单:让那些散发恶臭蓬头垢面的人进入她的精致小窝。她看上去对这业务很有信心,也知道做出一些牺牲始终是对她有利的。文明总是比野蛮更强大。一个小时以后,朝圣者梳洗干净从房间出来,刮了胡子并喷了香水。我让自己焕然一新。

桑坦德处处可见商业小街,小吃店,满是异域——对一个法国人来说的异域——产品的杂货店让我满心欢喜。我买了一个很便宜的小柯达数码相机,替换坏掉的那个。我现在还在用,它的性能堪称完美,尽管在此期间那个著名的生产商倒闭了。

我很想在这座可爱的城市休息一天,可我已经在毕尔巴鄂逛过了。朝圣之路还等着我。我感觉到它在生气地呼唤我。如果我最终决定在城里多待一天,它会让我产生内疚和负罪感，从而不得安宁。我很清楚从今往后要依照它的法律行事，和它对抗是白费力气。

当我回到旅馆的时候，女主人正在客厅里和女朋友们喝茶。她们好心地不去在意从门口波斯地毯上溜进来的幽灵，正进入留给他过夜的小房间。一大早，我把房费放在钢琴上，还有大楼的钥匙。我走到街上，市政府的雇员正在用哗哗的水流冲洗街道。

我和你们说过：穿越坎塔布里亚给我的感觉是极其枯燥乏味的。

重新回忆朝圣之旅的这一段路都能让我感到无聊。再说，我对它的回忆很少。我的记忆总是那么擅长裁决，它急急忙忙地忘掉了这一部分沉闷的海岸行程。顶多留给我少许回忆片段，飘忽，散乱，我记不清发生的准确时间。

我很清楚地记得离开桑坦德的过程，是因为一个叫做海洋圣女的神庙的缘故。当我走在看不到尽头、平常无奇的郊区时，我固执地向路人打听这个海洋圣女的方向。

我的目的不仅仅是空间的移动：通过被我问到的人们那怀疑的目光，我明白了这个圣女神庙曾经是古时做弥撒的地方，现在已经离当地居民的日常生活很遥远了。那些还知道海洋圣女在哪里的人建议我搭公交车去。为了证明我徒步前往的决心，我对路人说哪里对我都不算远，因为我还有六百公里要走呢。这下他们从惊讶转为极度不信任甚至流露出厌恶的表情，仿佛见到了胡言乱语的疯子。在某些地方，比如桑坦德的郊区，朝圣者，就着他的中世纪背景，就像喜剧电影里穿越到当代的骑士，穿着盔甲在汽车的洪流中穿行。

过了海洋圣女神庙，我对坎塔布里亚的回忆就都模糊了。一些片段浮现出来但顺序却很混乱。说实话，散落在海岸沿线的这一长串小珠子在我看来都是可以相互替换的。我根据我的记忆提起它们，但是可能颠倒了次序。

当我想起朝圣之路的这一部分时，最先映入脑海的是路边的景色。巴斯克地区给朝圣者走的是旷野中的林下灌木丛，荒野。而在坎塔布里亚则是接二连三的高速公路，十字路口，铁路轨道。这当然很不公平，而且，在计算准确的公里数时，我的印象可能是错的。对我来说，坎塔布里亚只是一片沥青覆盖的土地。

徒步者，因为路线不是按照他的意愿设计的，成了公路的下等人。现代公路是为发动机和轮胎建造的。它们不欢迎双腿和鞋底。沿着公路行走给人的印象是这条路线的规划与历史上的朝圣之路不符。事实正相反,而旅游指南从不会忘记强调这一点。坎塔布里亚的朝圣之路十分准确地遵循了中世纪的朝圣路线。问题是这条路线如今已经被公路覆盖。我们追随的朝圣之路既真实又已面目全非。不留任何遐想的空间。在有些地方,它造成的甚至是噩梦。在莫格罗附近,朝圣之路沿着巨大的金属管道前行,这些管道最终通向一座化工厂。有好几公里,朝圣者都由这些笔直的管道陪伴,置身一派世界末日的景象中。雅凯的标识每隔三百米就在管道上用油漆标出,与其说是为了指明方向——只有一个方向——不如说是为了让徒步者确定他没有产生幻觉。

如果你厌倦了观察孔波斯特拉神圣的黄色箭头,那么用白色油漆写下的预言会时不时地引起你的注意。"耶稣救命!"用大大的字体写在管子上。在这个地方召唤耶稣无异于剥夺朝圣者的一切希望:耶稣拯救他能用的唯一方法就是让他远离这个石棉水泥管道直伸到天边去的令人沮丧的地方。

为了给徒步者致命一击,这些管道沿途所见还是坎塔布里亚的特色之一：空置的待售房屋。西班牙房地产的繁荣伴随着一股建筑的狂热，沿海地区尤其受到影响。带车库的独幢别墅没落后产生形形色色的变种。这样的项目处处可见，每一处都是对联排别墅的独特诠释。许多作品都很优秀，也证明了西班牙建筑师的才华。可惜，这些小屋的联合体缺乏整体规划。这些建在平坦的田野上或古老村庄附近的房屋与周边环境格格不入。我在一座山坡的顶端见过一个有好几个世纪历史的美丽的小村庄，而如今，村庄的一侧被现代的房屋延长了，占地比它们围绕的千年古城还要广。新建筑的繁荣如果伴随着人口增加那真是令人喜悦的。不幸的是，这些蜂窝建筑大部分都是空的。他们准备好了一切，除了居民。"待售"的广告牌挂满各家阳台。百叶窗紧闭。偶尔，有一幢屋子住了人，草坪上的玩具和窗外晾的衣物愈发衬托出整片住宅区的荒凉。

终于离开管道，来到一座化工厂。我几乎松了一口气：至少这里有人烟。卡车轰隆驶过。烟囱冒出呛人的烟雾，不用想也知道有毒。这让人极不舒服；人应该要求更好的环境。可是怎么也好过那些荒芜的住宅区，它们是预备给活人住的，却比死亡还寂静。

被亵渎的美

你们当中游览过坎塔布里亚的人可能会对我的负面介绍感到愤慨，想对我喊："桑蒂利亚戴尔马尔！科米利亚斯！科隆布拉斯！"有那么多历史悠久的地方，那么多被誉为建筑瑰宝的村落呢。

这些地方很美，我承认，可是如果从我叙述的角度来看，也就是徒步者的角度，它们怎么也弥补不了工业风景的单调乏味。可能我到访的时节不对。若是隆冬季节，乌云的面纱掩映着，它们一定也能构成永恒的诗篇。唉！在六月火辣辣的日头下，这些名胜古迹被成群的游客淹没。旅游大巴在周边停靠，涌出来自世界各地的访客。小巷里挤满了东张西望的人，由高举着雨伞大呼小叫的导游带领着。要找到一间面包店或杂货店都很费劲，而卖纪念品的摊子却一家连着一家，把展示架的老石头都遮住了，难看的展示架上挂着廉价的小摆饰。各个广场上都摆满了塑料椅子和给可口可乐打广告的遮阳伞。餐馆门前的大黑板上，八欧元的套餐和西班牙三明治施展着它们的魅力。

沉醉于孤独之中的朝圣者在这样杂乱的地方头昏脑胀。在朝圣之路上，他一个人或者几乎一个人也没遇见，现在惊讶地看到这么多人一下子冒出来，挤在小街小巷里，明显地佩戴着圣雅各的贝壳或其他朝圣标志。他们中间当然有几个真正的朝圣者。其余绝大部分穿着轻便皮鞋或软布鞋。他们的优雅、整洁、活力与朝圣之路的辛苦相当不和谐。当我们看见他们回了大巴，就明白他们属于机动朝圣者。旅游业者将孔波斯特拉推销给他们，带领他们到"有意思"的地方做短暂停留。

步行朝圣者没有理由反对这样的做法。毕竟，它让那些在时间和年龄上都没有条件徒步行走一千公里的人也能进行朝圣。然而，抛开价值评判，这些成群结队的人确实妨碍了我们静心欣赏古迹的兴致。徒步者在坎塔布里亚处于两难境地：要么充分享受宁静和孤独，但要面对平庸的风景并沿着单调的高速公路行走；要么来到壮观的建筑跟前，却无法欣赏，被嘈杂的人流吞噬，这些人的眼睛由摄像机取代，双腿则由巴士代劳。

我逃走了。桑蒂利亚戴尔马尔，让保罗·萨特称之为"欧洲最美的村落"——不知他去那儿干了什么？——只让我停留了十分钟，在一家餐馆的院子里喝了杯橙汁。被我询问的女侍者中没有人了解这个村子。她们都是外地人，夏季被招聘来此务工。一场医学会议给已经拥挤不堪的游客和机动朝圣队伍又加入新的人潮和巴士。

我了无遗憾地离开了这些美丽的房子，它们在我眼中显得毫不真实，仅仅是个装饰品，装点一场名为集体观光的现代悲剧。

一回到安静的朝圣之路，我感觉自己仿佛逃脱了一场海难。更妙的是，桑蒂利亚之后的景色宁静迷人。一座孤零零的寺院，在高高的山坡顶上，给看累了村里汹涌人潮的眼睛带来慰藉。想来隐修教士们或许也曾遇到和我们刚才同样的困扰，这才离开喧嚣的人群来到此地。朝圣之路的精神就在于此,渴望周游世界却又要逃避它,到无人的所在去找寻其他人。"人类,"阿方斯·阿莱写道,"喜欢在渺无人烟的地方聚集……"

科米利亚斯的游客略少些,可是高迪的疯狂吸引了许多人,只有当我在大主教大学新哥特式建筑旁的大草坪上躺下时才得到宁静,那里空无一人。

至于科隆布拉斯,它是地区的中心,去南美致富的西班牙人都选择在此地兴建宫殿。我到的时候正下着大雨。我在印第安人博物馆的遮雨檐下躲避,博物馆就属于这些热带归来的败家子兴建的建筑。狂风暴雨把游客和居民都赶跑了,这地方显露出一点异域的美好风情来。

它表现出的是另一种冒险,这冒险不属于朝圣者的世界,而是这个世界的延伸:侨民们漂洋过海,去往孔波斯特拉西面很远的地方,直到抵达美洲的土地。这是另一种感受,另一段故事,此刻它没有对我讲述。我觉得这些空荡荡的宫殿更像那些无人居住、毁坏了这一地区城市和村镇面貌的联排别墅,而不像朝圣者们沿着朝圣之路所见的中世纪杰作。我离开科隆布拉斯唯一的遗憾是又遇上了一条国道。雨下得很猛，我躲进一家给司机休息的汽车旅馆。夜里，卡车卷起水花的声音为我充当了催眠曲。人们总能找到权宜之计。

经过这些糟糕经历的磨难之后，我想我能在一个历史悠久的城市找到我的幸福，它没那么出名也没那么多游客，在一个下雨的午后，我和太阳同时抵达了这座城市。

圣比森特德拉瓦尔克拉坐落于一个小港湾。朝圣者在穿过一条长长的公路桥时，远远就能看见它。港口附近的街区一点也不吸引人，适合钓鱼和游泳，可现在还没到季节。

几个迷路的游客在商业街的拱廊下游荡。他们唯一的安慰就是找到了硕大的冰激凌边走边吃。看到这些人心满意足的表情，我也买了一个，味道没有让我失望。举着盛有覆盆子和黑醋栗奶油的冰激凌的圆锥底座，我离开下城，沿着通往山顶堡垒的小路攀登。这地方真神奇。修复完好而又不过于精雕细琢，安静却不荒凉，处处可见中世纪的踪迹，然而又有人居住且充满活力，圣比森特的历史街区给绝望的朝圣者奉上了美味的小甜点。固执地追寻朝圣之路历史余味的徒步者，最终陷入了怀旧的游戏。朝圣者喜欢踩在数百万人的脚印上的感觉，他们在几个世纪里走的是相同的道路。这就是为什么，如果给他机会，朝圣者，任何朝圣者，都会喜欢石头在周围颤动的感觉，而圣比森特能够满足这一期待。任由想象欺骗他，模糊了时代，让他以为自己回到了《玫瑰的名字》的年代，这让他感到无与伦比的快乐。圣比森特的山顶堡垒，与坎塔布里亚沿路死气沉沉的城市相反，它的充沛活力让现在蜕变成了永恒。我早就吃完了冰激凌，可依然在这座美好的城市里流连忘返。天色渐晚。我决定在这些对我亲密诉说的围墙中找个地方过夜。

在教主的洞穴中

这时我才发现,在旧市政厅附近的一幢楼里,有一家私人庇护所。入口不在街上而是要往下走。要通过地下车库的门才得入内。各式各样的徒步鞋整齐排放在柜子里,表明这是臭脚丫的王国,在这一点上,我也是其中一员,且毫不逊于他人。我将那双来自格尔尼卡的忠诚伙伴放入五花八门的鞋子展示行列中,进了门。

第一间屋子挺大,单单摆了一张巨大的长桌。墙上钉了不计其数的明信片、照片、很久以前的剪报,如果不是被太阳照的——阳光应该永远也照不进这地下室来——那至少也是在氧气中泛黄了,尽管这儿也缺乏氧气。

厨房门开着,飘来令人恶心的饭菜味。两三个来自不同国家的朝圣者，主要是德国人，从大厅走过，我站在那儿等接待的人。我的日耳曼同类友好地向我打招呼，为了在我们之间创造良好的共谋关系，他们夸张地吸着充满蹩脚饭菜味的空气，嘴里发出贪吃的"嗯"的声音。他们的宽容令我吃惊，更让我明白了在煮的东西不是给拴在车库入口的狗吃的，而的的确确是给朝圣者吃的。

这时，一个年轻男孩走出格格巫的洞穴，朝我走来。他一开口便问我要五欧元（一晚的价格）和我的通行证。他带着嘲弄的表情看我在包里翻找。他的态度让我想起一本恐怖又震撼的美国小说《曼丁哥》里的男主角。这本书讲的是在美国南方经营人类养殖场的一对父子。他们养的是奴隶，把奴隶养肥后让他们繁殖再卖给种植园主。儿子尽管年纪轻轻，却已经习惯把这些人当牲口一样对待，给他们戴上锁链，毫不怜悯地鞭打他们。我突然想我的年轻"狱卒"会不会要看看我的牙齿……

我付了钱，男孩领我走进一条阴暗的羊肠小道，然后打开一扇门。这是一个从前充当车库或地窖的地方，现在摆了许多高低床，床和床之间挨得很近，以至于几乎无法从中间穿过。年轻的管理员一把推开荷兰人和穿衬衫的韩国人,将我领到一张床前用手指比了比。然后他丢下我掉头走了。

灯光昏暗,低矮的天花板上管道交错,粗糙地抹了淡黄的涂料,这地方让我不由得想起波斯尼亚战争期间萨拉热窝的邮电大楼。被不同国籍的维和部队占领,用临时的隔板做成隔间,这栋楼,是窄小的床、简陋淋浴和战时口粮的王国。老实说,我必须承认维和部队比我们住的强。

我把包放在指定给我的床垫上。床垫立刻凹下去,形成一个小摇篮,我不禁想象这脆弱的床垫在我的身体下能凹陷到什么程度。下铺住的是一名自行车手,他坐在床沿,正在用药膏按摩他的老茧。很难分辨清楚最难闻的是什么,是自行车手的脚呢,还是他往脚上抹的栗色软膏。

他对我说了声"朝圣旅途愉快",这相当不合时宜,因为眼下,我唯一要走的就是通往上铺床垫的路。根据这人的鼻音,我做出两项推测,第一他是德国人,这点我倒无所谓,关键是第二点,他是庞大的无国界打鼾者协会的一员。

我决定在这个庇护所停留期间至少要享受一下淋浴。卫生设备藏在楼里的另一个角落里,光线同样昏暗。为了避免朝圣者过度用水,水龙头被换成按钮式的。用力压这些金属按钮——手里拿着肥皂就没办法了——才会出来一股温水,但马上就停了。我从没见过如此做作的实验装置,用来人工制造肺炎。幸好,过了几分钟,我就汲取了所有囚徒的反抗精神,借助斜切的棉签制作了一种可以卡住那按钮的设备。我将它教给你们以防万一,如果哪天命运将你们逼到这样极端的境地。

洗过澡,刮好胡子,刷完牙,我有了足够的体力来策划越狱。

我穿好衣服,走到大厅,打算要回我的通行证。那小册子上如今盖满了珍贵的印章,我深以为傲。随着在朝圣之路上前进,为这份珍贵的资料补给几乎成了自身的目标;我绝不能在逃跑时把它给丢了。当我走进大厅时,相比我走出来的那条幽暗小道,它显得宽敞又明亮。大桌子的尽头端坐着一位中年男子,目光敏锐,表情严肃。我认出这是接待——我找不到其他字眼——我的年轻男孩的父亲。通过他的态度,男子清楚地表明他是这块地盘的主人。任何人脱下鞋子进来以后都得放下自己的意愿,听从最高领袖的旨意。他用好几种语言询问我,明明知道我是法国人,因为他手里拿着我的通行证。我知道他是想告诉我,他的帝国,和亚历山大的帝国一样,一直扩张到天涯海角,简而言之,他阅人无数。

"巴黎人?"他终于问我。

我只能承认这明摆着的事实:我的地址大大地写在通行证上。

"我也在巴黎住过,从前,"他目不转睛地看着我说,"在帕西。"

"是个漂亮的街区,"我傻乎乎地评论道。

"富人区!可我,我不是富人。我住的是用人房。"

为了保持风度,我想说"您那里应该风景不错",可是忍住了,因为一转念想到那些没有电梯的六层楼,隐隐约约感觉他会听出话里的讽刺意味。

"您住的也是好的街区,"仅次于上帝的神继续说道,"不过一定不是住在用人房……"

我的两只脚不断交替站立。形式比我担心的还要严峻。显然,这位本地大人物没有为朝圣者严守秘密的习惯。他什么都想知道,而如果询问继续下去,可能导致我承认一些无法获得原谅的错误。我设想医生或作家这样的词可能产生的后果。我想到我的外祖父,当他一九四三年抵达流放地时的情形。讨好狱卒对他是生死攸关的问题。这对比让我醒悟过来,我估算了一下这两种情形的所有不同之处。我祖父是囚犯,当时正值战争。而就我所知,我是自由的,况且和萨拉热窝不同,圣比森特德拉瓦尔克拉没有遭到轰炸。一股油然而生的自豪感让我又来了精神。

"我想拿回我的通行证,劳驾。"

男子不习惯被人反抗。显然,住客们不仅服从他的规则,甚至还乐在其中。在巴黎,我见过有些原本专横且习惯指挥别人的先生们在午饭时间走进一些小餐馆,自虐地享受无礼而粗俗的老板的粗暴对待。用餐过程中落在他们身上的道德鞭笞似乎使他们振作了精神,赋予他们新鲜的能量,好让他们下午去折磨自己的下属。或许因为我既不喜欢服从也不喜欢下命令,对此类乐趣感觉陌生,地下领袖应该也有所察觉。

他使出拖延战术。

"别着急,"他说着抬起下巴,冲登记簿的方向示意了一下，上面已经放了一叠通行证，"登记完就还给您。"

留住我的拙劣尝试没有成功，他也明白。然后我们彼此心照不宣地遵守行为规则以免发生任何冲突。我回到寝室拿上背包。回到大厅时，庇护所负责人有片刻离开了他的宝座，大厅空无一人。顷刻间，我取回我的通行证，管理员把它和其他人的放在了一起，然后我走到放鞋的地方。匆忙系上鞋带后，我就出来了。我深深吸了一口气，一直向上走到山顶堡垒的露台。大自然的空气和古老石头的功效在于让人立刻忘记封闭、丑陋、窒息的空间的存在。我当然有充分的理由逃离。当然不是说匆忙给这里下的结论就一定正确。我后来遇见的其他朝圣者，甚至对我说这是他们住过的最好的庇护所。我称之为教主的人，似乎是一个充满活力的店主，会招呼客人齐声合唱直到深夜。或许我错过了什么，可在我看来，我抓住了本质：记忆中对这个地方充满了怀旧的诗情画意，这份心情需要的是孤独，而不是民歌的反复哼唱。

不过，我的逃离也不是没有代价的：我找不到任何别的住处，我禁止自己住舒适的酒店，而路过一家叫嘉利玛的旅舍我又没兴趣。夜幕降临。我决定随意找个地方搭帐篷，可是因为我依然身处坎塔布里亚地区，唯一能找到的随意地点就是伸向高速公路的一片杂草繁茂的斜坡。

  我取出炉子，用小火煮了一道不怎么好吃的菜。接着我就在纤薄的篷布下睡着了，卡车噪声为我催眠。

告别海岸

我对坎塔布里亚最美好的回忆，是在我迷路的时候。一个下雨天，我走进一个分岔路口，却发现自己在大山里迷路了。若沿正确道路行走，接下来便是平原，而到了公路边，我却发现要爬上一面陡峭的山坡，它掩映在丛林中间，被雨水湿透。爬到坡顶，我面前出现一条长长的山脊，长满云杉和桉树。在远处山脚下，时不时地，风吹散云雾露出了海岸。道路化身为一条美丽的黑蛇在绿色的草原上滑行，遥远，宁静。终于！另一侧，陆地的方向，黑漆漆的高山不时透过云层露出来。在狂风停歇的间隙，壮丽的欧罗巴山也露出了轮廓。这让我猜想是否存在另一个坎塔布里亚，我希望有一天来探访它，唉，是朝圣之路上看不到的那个它！这个早晨，我体会到迷失在大自然中的幸福，不用找贝壳路标，没有卡车轰鸣，也没有联排别墅带来的满目荒凉。我像山里人那样辨别方向，纵观全景，好像自己翻山越岭开辟一条道路时应该做的那样，并为从脖子上摘掉了朝圣之路的绳套而自豪。在森林里走了一段长长的下坡路以后，我来到一座沉睡的小山村。这里唯一热闹的地方是一家兼售咖啡和烟草的杂货店，我到里面把自己擦干，然后吞下一个美味的三明治。

一位一身黑衣、脸上布满皱纹、盘着灰色发髻的女顾客，问我是不是法国人。她说一口完美的法语，口音中混合了巴黎人的戏谑和西班牙人的粗犷。她怀念巴蒂尼奥勒[1]。在那里生活的三十年间，她从没有停止过梦想回到山脚下她的村庄。然而，自从她回来以后，地铁、克里希广场和奥弗涅风味的小餐馆又总让她魂牵梦萦。

在我眼里，她充满了巴黎的气息，她同我说起她认识的那些地方，想知道它们是否有变化。我重新找到了中世纪朝

---

[1] Les Batignolles，巴黎十七区的一个街区名。

圣者的古老功能，那就是传播信息，将不同地域的人们联系在一起。

后来，这位坎塔布里亚的巴黎女人抱着装满圆形大面包和几瓶红酒的购物袋，在暴雨里匆匆离去，心中珍藏了从我这里拽走的几颗思乡的珍珠。

随着阿斯图里亚斯的临近，海岸愈发陡峭了。在暴雨中，黑色的岩石和鹦哥绿的草原俯瞰着一簇簇的浪花。下方波涛汹涌，让它几乎有了苏格兰的模样。大海似乎也意识到我即将离去，它展示出全部的魅力，好让我带走对它的美好回忆。在它平静又单调的时候，我丝毫不曾在意过它，而此刻我动情凝望着它，珍惜它的存在，甚至在附近搭起了帐篷。我在崎岖陡峭的岬角度过了几个最美的夜晚，周遭惊涛骇浪，头顶狂风暴雨。我领略了金色雾霭中日落黄昏，以及焕发出新生儿淡紫唇色的静谧曙光。在我始终轻浅的睡眠中，隐约传来远处农场的犬吠声，耳边浪花不停拍打岸边，锲而不舍地编织着席卷陆地的千年阴谋。

沿着海岸行走的最后几段路程，原始的海滨风貌让我着迷,迫不及待地要去探寻。我经过城市的时候不曾留意它们所谓的魅力。海滨建筑、典型的当地餐馆、鱼罐头食品厂和风景如画的苹果酒酿造厂令我心满意足。给通行证盖章、狼吞虎咽地吞下十欧元的套餐,甚至,有的时候,一份反经济危机的套餐只要八欧元甚至七欧元,然后,重新跟随贝壳路标去寻找海岸。我始终和海洋保持着比较奇怪的关系。在塞内加尔,我每天早晨都气愤地看着它在我的窗下,风平浪静,一成不变的蓝色海面上,偶有独木舟划过。可是,我今天想起它,想到的是它在雨季里的样子:来自海洋的暴雨鞭打着格雷岛,海面被狂风烦躁的手指揉皱了,缝上了精细的泡沫花边。此刻,什么也安抚不了我对它的怀念之情。

在坎塔布里亚,我经历了同样的排斥与留恋。我不耐烦地承受着这片海洋令人难以忍受的陪伴,它缺乏新意,而且我和它也缺乏交流。然而,要离开的时候,我又那么地留恋它,一想到要与它分别就难过,而此时朝圣之路甚至尚未要我远离它。有它陪伴的最后几个夜晚有着心酸的快乐。如果让我在这儿坦白,我会告诉你这样的自相矛盾伴随了我一生。我或许不是唯一在物与人要离开我们的时候才开始欣赏他们的人。但和其他人相比，我将这怪癖和贪恋推得更远，直到远离对我最珍贵的东西，才明白他们对我的价值。危险的游戏，你可以赢得很多，可是还有更多要失去。

离开坎塔布里亚之前，我遭遇了最后一个危险。有一段路绿油油的，朝圣之路取道一大片精心呵护的草地，我起初以为是大自然馈赠的意外的礼物。可是旋即，我就明白了此自然非彼自然：路线穿过的是一个高尔夫球场。球手们走在上面，后边跟着球童。徒步者心中起了疑惑，很快，一块牌子揭开了所有迷雾。"当心飞球。"上面写道。我这才发觉自己走在场地中间，周边没有任何保护措施。鉴于当地居民对朝圣者的善意，我心想某些球手或许恨不得改善技术，从而一杆击中这些入侵者。我得离开球场才能心安，即使全速奔跑，还是花了我整整一刻钟的时间。

分别的时刻终于到来：朝圣之路要离开海岸，深入内陆了。悲伤的场景在离拉伊斯拉村不远的地方上演，我对这个村子倒印象平平。远离是循序渐进地完成的。走了很久还能看到悬崖的顶端，一个个小港湾，海平线。然后一切都结束了：四周田野环绕。你进入阿斯图里亚斯。

坎塔布里亚：俭朴的学堂

一路走来，我已经完全成为一个朝圣者。这个状态是通过几个外部特征尤其是一种新的精神状态表现出来的。我已经介绍过徒步者的脏：脏不是不可避免的，也不是绝对的。有些正牌的朝圣者是庇护所里淋浴的忠实顾客。他们通常只带少量衣服，必须每天清洗，而他们往往刚到休息站就开始洗涤了。不过，通过休息站周边晾晒的衣物，就知道每个人对卫生有各自的理解，很少能做到十全十美。T恤是普遍需要每日清洁的物品。朝圣者们入住的营地入口处飘扬最多的旗帜就是它。其次是袜子。其他衣物就比较少出现在晾衣绳上，因此可以轻易地推断出哪些衣物是每天穿却没有洗过的。

独行的朝圣者显然是最缺乏清洁动力的人。我已经详细描述过我是如何快速变身为完美流浪汉的。走完坎塔布里亚，我彻底变成了一个不修边幅的人。乱蓬蓬的胡须，污渍点点的裤子，被汗水反复浸透的衬衫，我在污浊中怡然自得，感觉受到了铠甲一般的保护。当我们投入没有房屋没有汽车的世界，当围绕在身边的是无尽的风景，当你的视线一览无余，当道路前后都望不到头，那么我们只能行走在自己的气味包围中，似乎我们仅存的全部家当就只有这味道了。朝圣者们在相遇的时候，总是下意识地保持距离。如果走近彼此，对方身上的霉味会提醒他们的冒失：再走两步就进入别人的领地了。

坎塔布里亚这段路，和巴斯克的美景比起来，自有它的长处：它给正在自我完善的朝圣者补上了谦逊的一课。刚开始时，他几乎会以为朝圣之路是为他服务的，给他提供视觉上的享受。几十公里的柏油马路柔软了还太结实的躯体：朝圣者就是来走路的，无关他高不高兴、找不找得到令他满意的风景！水泥管道和工厂，荒凉的联排别墅和紧急停车带，环形交叉路口以及工业化的郊区都是必要的，让我们成为一个真正的朝圣者，摒弃一切游览的意图。面对这些考验，朝圣者首先感觉头昏眼花。然后他适应了这样的生活。于是开始了朝圣之路的一个新阶段：它所需的不再是激情而是习惯和原则。朝圣者向朝圣之路臣服，如同他一开始做的那样，只是当时没有意识到，而这一次他毫无怨言地听命于它。他找到了他的主人。每天早晨，他像工人套上工作服那样穿上鞋子。他的脚已经适应了鞋底，肌肉放松了，疲劳服从于他，在一定的公里数后消失。朝圣者朝圣就如泥瓦工砌砖，水手出海，面包师制作棍子面包。不过，与这些有薪酬回报的工作的区别在于，朝圣者没有任何报酬可期待。他是敲碎鹅卵石的苦役犯，一头绕着井打转的骡子。然而，人类就是由这些悖论组成的，孤独让人能够好好观察它们：雅凯们欣喜若狂地在这苦役尽头找到了前所未有的自由。

苦役犯如果有片刻不用戴枷锁就很高兴，骡子如果被带上一条笔直的路就很幸福。同样，被判了最重的刑，朝圣者只要最少的安慰就很满足。当他浑身湿透在路边的水洼里行走，若有一束阳光让他变干：他喜笑颜开。他在加油站的小餐馆驻足，奇迹出现了！火腿很美味而面包也很松软：他欣喜若狂。他找到一棵树躲避正午的太阳，身后农场里拼命狂叫的狗被关在结实的栅栏里：他幸福地闭上眼睛。坎塔布里亚教会人俭朴也迫使徒步者更好地运用他的感官，在现实残酷的表面下发掘幸福的轻风，出乎意料的善意之花。

有一天，在一段热得让人喘不过气的笔直道路上走了没完没了的一段路程后，我走进一个村子的政府办公室收集我的印章。因为，在填饱肚子以前，老练的朝圣者知道应该先喂饱他的通行证。

办公室都很冷清，堆满了文件。我在走廊里走着，包背在背上，越来越感觉自己衣着不得体。这时突然遇见了一位女职员。她一脸迷惑，跟我解释说朝圣者从不上这儿来。这里没有给他们盖的印章。我向她道歉，灰溜溜地准备走了，可是她请我留步。她到一间办公室里翻找，又去了另一间。最后，她找到一个随便什么印章来。甚至好不容易找出了印泥。然后走开了。我呆立在那儿。堆积如山的文件严肃地看着我，无声地谴责我那肮脏的脚和贴在身上的T恤弄脏了这些漂亮的办公室。最后，那位女士回来了。她将盖好章的通行证还给我，而且，用另一只手递给我一个用城市徽章做成的小钥匙扣。我猜想人们也是这么对待战后回到家乡的囚犯的。我们仿佛在杰拉尔·乌里的电影中，我像《虎口脱险》里的布尔维尔一样挤出笑容。这次相遇里有种温柔而又强烈的东西。那一刻，我想亲吻我的恩人，而她脑海中或许也闪过同样的念头，因为一个单身男人在正午时分闯入你的生命，那么脏兮兮的——谁知道呢，也许就因为他脏呢——或许会让一位政府办公室女职员产生朦胧的欲望。可是我突然想起自己只是个越狱的苦刑犯。朝圣之路抓住我的肩膀，将我带回它身边。

我把钥匙扣挂在背包的扣环上。它现在依然在那儿。

在朝圣之路的蒸馏器里

然而，比起朝圣者精神上的转变，身体上的变化真不算什么。当他迈入阿斯图里亚斯的边界，精神上已经发生了很大的变化，但还远远不够彻底。徒步者已经经历了几百个小时的孤独。他向着大秘密前进，尽管他也只是隐约预感到它的存在。

如何概括这缓慢的过程呢？它有些难以描述，因为所有的精神转变都源自体力考验，这是根本原则。不过我们可以从这些演变中归纳出几个重大阶段。

在朝圣之路的起点，我们思绪万千。所有熟悉的标识消失，向一个如此遥不可及的终点前进，环绕在朝圣者周遭的广袤自然令他有赤裸的感觉，一切都有利于一种特殊形式的内省，唯有大自然才有此般能力。我们和自己独处。思想是唯一熟悉的存在；它能再现对话，唤起回忆，让人幸福地感觉往事仿佛近在咫尺。徒步者发现自己产生了他乡遇故知的情感。身在陌生、别处、空旷、缓慢、单调、无尽之中，任他的思绪缩成一团。一切都变得动人而美好：回忆，计划，想法。他奇怪自己会一个人笑起来。脸上扮各种鬼脸不为给任何人看，因为唯一陪伴他的只有树和电线杆。脚步，这他很熟悉，给思想起了发条的作用：摇动它，使它运转，从而获得能量。他跟随梦想的脚步前进，当梦想达到全速，他几乎要奔跑起来。我记得开始的那几段路程是以惊人的速度完成的。我没有任何完成壮举的意图，可是俗话说得好："欢乐给我插上了翅膀。"这句话简明扼要；别忘了细细品味它。因为激情难以持久。渐渐地，思想沉没了，如同快速行驶的渡轮，在临近码头时，因为减速而缓缓被水淹过。

  几个小时后，徒步者意识到另一样东西的存在：他的身体。这个平时安静的工具开始吱嘎作响。组成这个复杂管理机构的各个部门一个接一个吵吵闹闹地出场了，开始提要求，最后全体叫嚷起来。消化部门首先亮相，它的武器大家都熟悉：饿了，渴了，肚子咕噜叫，肠道蠕动，迫使人停下来……接着是肌肉。不管平时做的是哪几项运动，总是没练到对的地方。自恃见过世面的运动健将是走上朝圣之路后最感到惊讶的人，他们也浑身疼痛。通常被人遗忘的皮肤，总会提醒徒步者哪里肿了，磨了，发炎了，破损了。这些可鄙的器官，需求、麻烦，不断从体内深处冒出来，最后占据了最高的级别。它们打断了充满影像与梦想的欢乐舞曲，那是我最初沉醉的场景。

朝圣者于是显示出他的权威。为了抵挡这些低级的要求——尽管他有义务给予它们实际的答复——他决定强迫自己动动脑筋。这就是思考。

努力已经付出了，可它又会给人带来幸福。徒步者心想过去仅仅满足于就事论事，现在是时候认真考虑一些严肃的问题了。每个人脑海里都有各式各样可又总是过量的敏感主题：迟迟未下的决心，没花足够时间去完成的计划，从来没有勇气回答的形而上学的问题。

由此展开了一段全神贯注的时期，这时期或短或长因人而异，其间他努力对需求进行思考。我个人没有坚持太久。

很快就会发现在行走中不分心是极其困难的。要寻找雅凯的标记，避让汽车，用眼角余光提防狗，除了这些让我们分心，还有来自身体的各种警报，从脚掌到承受背包的腰部，从顶着烈日的脑袋到分挎背包背带的肩膀。当然如果努力，主意总是会来的。问题以清晰的面目出现；有时人们甚至能隐约从中看到解决的办法……

然而当我们走过一个村庄，去喷泉给水壶灌水，和一个过路人聊天，突然一切都消失了：原先想到的解决方法，待解决的问题，主题本身……在被颠覆的精神荒芜的原野上，脚后跟的一个水泡火辣辣地疼，原本以为它已经愈合了。

思想的挫折很快带来真正的消沉。就像陷入一场没来由的抽搐，朝圣者在放弃和绝望的爆发之间摇摆不定。记得有天早晨我决定花一整天的时间来走路，不管我打算写作的小说架构是否完成。那天我经过一个偏僻的山谷，在旅游指南上，它被称为巴斯克地区当之无愧的最原始风景最美丽的地区之一。整个村子只有三座房屋，其中一间还是酒吧。那是上午十点钟。我走了进去。一位迷人的女招待在为午餐做布置。她把音响开到最大，震耳欲聋的摇滚乐把窗户的花岗岩门楣都震动了。餐厅的装饰是最典型的巴斯克农场风格。所用材料只有旧木头、锻铜、光面砖。通过大门，可以看见隔壁小教堂祭坛里的一座石膏圣女像。音乐太大声了，以至于在安静的环境中产生了一种战斗的气氛。女招待用重金属音乐的分贝作武器真不错。这女孩与她的美丽、青春和梦想一起向古老的墙壁、孤独的乡村、温和的宗教发起了一场殊死搏斗。我在吧台喝了咖啡，那女孩微笑着，送给我一小块刚出炉的蛋糕。或许她是感激我没有要求她把音乐关小。在那边的战场上，是没有位置留给中间派的。必须选择一方阵营，而我选了她的。我走的时候，脑子里都是音乐，回忆里是女孩那有些绝望的笑容。忽然，我对这看似天堂的山谷有了不同的看法。我并不认为它是个彻底的地狱，可是我知道人会产生逃离的愿望。这么胡思乱想着，我来到了河道旁，朝圣之路从中间穿过。双脚浸湿以后，我恢复了清醒。我惊愕地发现，为了完成早晨的计划我一路冥思苦想，现在却一点儿也记不起来了。更糟的是，我丝毫也不想将它们找回来。

我和那位乡间餐馆的女招待一样，在绝望中，完成了这一天的路程，只是少了音乐。

正是在这样的时刻，在深深的忧伤中，人才会如此渴望抓住朝圣的宗教含义。说实话，它几乎被遗忘了，至少在朝圣者稀少的北方之路，总的气氛是非宗教的，也很少有谁会提起这话题。然而，当最初新鲜的召唤干涸，当人们无法用严肃的目标规范自己的思想，当，总之，空虚泛滥，以及精神上的无聊和身体的种种不适占据了上风，灵修似乎成了最后的救赎。对世俗的思想，它有一个很大的优势，那就是沿途的风景给了它多种多样的宗教背景作为支持，只需我们稍加注意。我们随身携带的旅游指南，是每段路程之前都要查阅的，它一丝不苟地标出朝圣之路沿途经过的修道院、大教堂、苦路、礼拜堂、隐修院。我们几乎要惊诧自己此前对它们竟如此不在意。我们会想，朝圣肯定藏着一些我们意想不到的诡计，要把我们引向信仰的终点。我们简直要惊呼奇迹了。此时我们变得渴望了解此前被忽略的历史的解释。千年以来走过这些道路的朝圣者们在精神上刻上了自己的宗教烙印，刚出发时朝圣的这些方面对我们并没有什么吸引力，如今我们却乐在其中了。信仰的出现让人免于退化成动物，后者的威胁是真实存在的。作为人，就要认识上帝，或者至少，去寻找上帝。动物追赶它的猎物；人类追随他的拯救者。一切都明晰了。

这一发现令朝圣者在精神上及时得到了宣泄，他曾绞尽脑汁却不得要领。突然，他可以无所畏惧地放弃战斗。思想可以腾空，被身体及其需要占领，风景徒劳地变换，我们可以忍受雨天的不便或烈日的灼烧而甘之如饴，这一切都不重要了。因为我们知道今后走上一公里，或者十公里，就会有一座教堂为我们提供清凉的拱廊，令人宽慰的石头，神秘存在的神明。不论信教与否，我们的精神都会浸入这片净水里，体验他存在的超验性带来的这场特殊洗礼。

要知道千百年来走过这条路的朝圣者不计其数，我们只是其中一员，他们原本只是虚幻的概念，此时变为有形的存在，这些人就像我们的身体一样带给我们坚定的信念，占据我们整个精神。濒于绝望的朝圣者忽然得到这些冥冥之中存在的人们的救援，似乎曾经经过这里的朝圣者的灵魂在支持他，鼓励他，给他勇气和力量。

对于我，这转变发生在坎塔布里亚路段快走完的时候，那时我正要离开海岸转向内陆，走近奥维耶多。

从远古走来的阿斯图里亚斯

如果说孔波斯特拉是我此行的世俗终点，那么奥维耶多则是它的宗教制高点。在我开始缺乏动力的时候，我幸福地受到了朝圣之路的精神指引，于是从阿斯图里亚斯开始，我就致力于有系统的考察沿途经过的宗教圣地。可是，当你胃口大开，那些乡间小礼拜堂、苦路、隐修院就只能算是小菜了。朝圣者对宗教的饥饿感，这些小零嘴儿是丝毫满足不了的。它们只能让朝圣者耐心等待，等待圣城奥维耶多这道精神大餐的出现。

中世纪的朝圣者视这座城市为必经之地。有一句著名的谚语说道："去圣地亚哥却不经过萨尔瓦多的人是巴结了仆人而离弃了主。"相比救世主基督，圣雅各算次要的，而奥维耶多大教堂正是献给基督的。它也是人们在这个城市抵达的第一个朝圣目的地。从它开始,另一段旅程开启,许多人称之为:原始之路。在被群山环绕从而免受阿拉伯人入侵的阿斯图里亚斯,九世纪时,国王阿方索二世得知人们在孔波斯特拉发现了圣人遗骸,决定前往亲眼见证这奇迹。他从奥维耶多出发,从而开辟了最初的朝圣路线。抵达奥维耶多,就好比来到一段旅程的终点,可以展开新的旅途。对我而言,奥维耶多标志着我(短暂的)基督教朝圣之旅的顶峰。事实上,朝圣之路到了这座城市才变得充实和美丽,大大不同于前面的世俗路段和之后的其他路段。

一切都相辅相成,让朝圣之路的这一段变得令人赞叹。首先,我离开坎塔布里亚和它的海岸,远离了一路作为路标和指南的大海。放弃走沿海的坡路,就像孩子不需要大人扶助而迈出第一步那样自豪。陌生的内陆,尽管有雅凯路标的指引,还是比连绵的沙滩和港湾更令人兴奋。

接着,我被阿斯图里亚斯的魅力征服了。朝圣之路的标识和在巴斯克地区一样细致,引导朝圣者避开公路,让他沿着古车道行走。在阿斯图里亚斯,有某种粗糙、原始然而又高贵的东西一下子震撼了我。最典型的就是这种被称作horreo的无处不在的小型建筑。它源自远古时期（有人说新石器时代），是一种建在石桩上的谷仓。支撑它的柱子用大块的扁平石头砌成，石头被磨成圆盘形状，防止啮齿动物进入上面的建筑。起初，谷仓顶上盖的是茅草，周边一圈木廊用来晾晒干草、稻穗、鲜花。

现在，这些可怜的谷仓通常被加上水泥台阶、瓦顶或铁皮屋顶、窗户，因而被毁了容。许多谷仓被改建成车库、鸡舍、农用库房。然而，它们还在那里，尽管改头换面却依然能够辨认得出。有一些被完好无损地保留下来，矗立在石柱上，骄傲地见证着上千年的岁月。幸好有这份乡野的淳朴与矫揉造作的浮夸形成对照，但愿那些破坏了海滨景观的联排别墅只是昙花一现。

在这个被大山环绕的神奇之地，属于雅凯们的回忆和礼拜场所也有一种特别的力量。因为阿斯图里亚斯是前罗马式教堂的所在地。

其中有些教堂修复得很好，例如巴尔德迪奥修道院附近的那一所。其他教堂则几乎没有得到什么维护。我在一个村子里发现了一座，看起来已被挪作他用。不过，看见我在周围转来转去，一位老妇人和我打招呼。她头上歪歪扭扭地戴了顶假发，她喝住一条狗，而那狗，和常见情况一样，看起来和她有着惊人的相似。她手里抓着一把大钥匙，带我参观教堂。我陶醉在这一段朝圣之路的美好当中，对这座教堂的探访深深地感动了我。这些前罗马建筑的特点在于，由于顶上还没有装上十字穹顶，它们是由实心墙组成的，墙上为数不多的开口都窄得要命。教堂里面一片漆黑。虽然这些建筑是建在地面上，却让人感觉好像在参观地下墓穴。墙上没有雕塑，但有壁画，绘制出墙上所没有的柱子和窗户。借着同伴挥舞的暗淡灯光，可以看见留胡子的脸，裙摆，鹰的翅膀或公牛角。我很清楚这些图像的灵感来源于《新约全书》，它们用赭石颜料画在粗糙不平的墙面上，那样的墙更像是属于一个洞穴而不是教堂，它们看起来经历了远远不止一千年。而相比谷仓所处的遥远史前年代，它们显得相当现代了。就这样，在阿斯图里亚斯，基督教展现了它令人意想不到的深刻根源，与神修最原始的形式联系在一起。这一切令我对这个宗教更加着迷。

楼里增加了一座楼梯，可能建于十七世纪，通往钟楼。我问女向导这令人遗憾的改变是几时发生的；她告诉我肯定很久远了。为了证明她的论点，她补充道："我出生的时候楼梯就已经在那儿了。"接着她告诉了我她的年纪。和我同岁。我突然觉得有些难过。

假发戴得歪歪扭扭，行动颤颤巍巍，脚步摇摆不定，这可怜的妇人显然身体欠佳。她增加了这地方的破败，多亏了她，让这次参观成了为死亡做的残酷准备。基督复活的胜利形象就更有说服力了。我感到有股要拜倒在十字架下的强烈冲动，祈求上帝施恩于我，今生赐予我健康，来世赐予我永生。我已置身于和中世纪的人特别是朝圣者同样的条件，饱受苦难，经受朝圣之路的考验，只有在这些圣殿昏暗的微温中重获希望。

我的向导没有开恩带我去任何偏僻的角落。她偶尔用一盏用绳子吊着的光秃秃的灯照照明。她打开大大的胶木开关点亮它。开关发出空洞而刺耳的声音，让我想起小时候。

可怜的妇人能够比较灵活做出的唯一动作就是一个小小的手势，在教堂出口，她张开手掌，向参观者索取几个硬币，然后飞快地，让它们消失在她那或许是前罗马式的绣花围裙的灰暗褶皱里。离开前我问她教堂是否还在使用。她对我说，每个礼拜天都有一位神父来做弥撒。然后，带着照亮她整个人生的残存的骄傲，她告诉我神父是她哥哥。

酒神与圣保罗

不出几公里,阿斯图里亚斯就展现出令人震惊的反差,一边是质朴、原始、贫穷的基督教,另一边则是富裕的修道院的豪华景象。在巴尔德迪奥,仿佛出自苏巴朗[1]的画作的修士们唱着晚祷,置身于令人惊叹的金碧辉煌的巴洛克祭坛中。比起乡村教堂朴素的虔诚、年迈的神父和他行动不便的妹妹,这画面似乎指向另一种宗教。然而,能够包容反差如此强烈的修行形式正是基督教的全部力量所在。被称为修道院的神圣城堡里的修士,和掌管干草仓库而不是大教堂的俭朴教堂里的乡村平民牧师,二者之间共同的信条和礼仪搭起了一座坚固的桥梁。多少世纪以来,基督教赋予欧洲以力量和伟大,但往往以整个社会的墨守成规为代价,它认为人们必须遵守上帝建立的秩序。每个人在社会上都有一个指定的位置。在死亡的第二天将一切恢复原状，承诺让排在最后的人排到最前面，要求人们忍受不公，只等待上帝唯一的也是最后的审判。在欧洲，尤其在因为收复失地运动而广泛信奉天主教的西班牙，基督教秩序撒下了一张细眼纱网，里面的每个人，不论身在何处，都像捕鱼篓中的鱼儿一般无处可逃。后来，渔网破了。理性，进步，自由跑了出来，有了它们的成果：在幻想破灭、追求物质享受的世界里，每个人都声称与他人平等，却也都以剥削自己的同类为乐。

朝圣提供了唯一的可能性，让人不仅可以重新找到曾经十分强势但业已消失的基督教世界的遗迹，而且还能亲身体验它的存在。从教堂到隐修院，从修道院到礼拜堂，朝圣者会产生一切都未曾改变的错觉。

与此同时，他几乎切身体会到，这件圣地的外衣，这块长期包裹着欧洲的基督教布料，只是盖住了那些事实上丝毫没有脱离野蛮的人和地方。大部分向基督的荣耀致意的宗教

1　Francisco de Zurbarán(1598—1664)，西班牙画家。

建筑都是在更古老的教堂基础上兴建的，有些甚至可以追溯到史前时期。考古发掘验证了这些地下古老祭祀场所的存在，有罗马人的，凯尔特人的，新石器时代的，今天，这些遗址上都矗立着一座教堂或耶稣受难像。可是朝圣者不需要别人告诉他才发觉它们的存在。他一路走来，远远就感到大地的存在、神奇的气息、精神的冲击，从山谷深处或森林之巅散发出来。当他走进一个洞穴，或者相反地，向一个岬角爬上去，他被神圣的恐惧深深触动，在人类赤身裸体，受野兽、闪电、鼠疫威胁的年代，这恐惧一定比现在强烈十倍。在这些看似人间或天上的精灵的住所应在的地方，他毫不惊诧会遇见基督教建筑，一长串圣地中的最后一环，它们在危难中，祈求大自然的宽恕。

通过这些经历，我明白了基督教在被转变为压迫工具以前，曾扮演过怎样不可思议的救世主的角色。因为，有别于仅仅传达人类对诸神的恐惧，通过进献贡品以获取诸神恩典的早期宗教，基督教是作为人类战胜死亡的强有力的工具出现的。基督，在复活的光辉中，是一把在信众头顶挥舞的双刃剑，为他们抵御自然的侵袭。他赋予基督徒力量，助他们消灭威胁他们的恶神，藐视邪恶的法术，去最偏远的地方探险。从云端到山间、从森林到溪流住满了形形色色的神明，从某种意义上来说，基督教通过清除自然界的其他神明担负起保卫人类的责任，并将整个世界奉献给人类。此后人类便毫无节制地扩张，只是每到一处新开发的地点总不忘添上一座神圣的避难所，好让基督能够守护他们。

不过朝圣者也会注意到，基督教之网是如何将坚定的异教徒收入网中的。我离开巴尔德迪奥修道院的时候就颇有体会。

走出圣殿，蜿蜒曲折的道路向山里延伸。当地的全景一览无余，高处的修道院在郁郁葱葱的小山谷中显得宁静而和谐。来到山顶，只见一条奔跑着卡车的国道。巴尔德迪奥的圣殿刚消失于眼前，我就走进一家司机和农民的餐馆吃午餐。

大厅里嘈杂得令人难以置信。每张桌子都有刺耳的声音在大声嚷嚷。酒后个个脸上红光满面，显然，酒可没少喝。几欧元的当日菜单供应的食物含有大量卡路里且外观并不诱人，有猪肉、被蛋黄酱淹没的蔬菜、浇上油腻酱汁的烤肉。

没有人注意坐在门边一个空位上的朝圣者。他们两眼放光，鼓鼓囊囊的嘴张得老大，咽下新的食物，发出的笑声和酱汁一样黏稠。

两个比较年轻的女招待，体型丰满身着短裙，努力地在宾客间穿行。她们将盘子高高举过头顶，以免被哪个酒鬼撞到。尽管如此，她们的臀部却没有设防。男人们的手在上面欢快地游走。有一些被油污弄黑的粗糙的手，轻轻地在女招待们丰满的臀上摸来摸去。另一些，受酒精影响而更主动或自制力更差的，就在她们浑圆的屁股上又摁又捏，甚至用力拍打，发出的响亮回音甚至盖住了餐厅里的喧闹。女招待发出尖叫，大家越发兴高采烈了。有一次，其中一位女招待冲一名食客发了火，应该是他逾越了心照不宣的游戏规则，把手指伸到许可范围以外了。女孩尖叫起来，那男人嬉皮笑脸地，不让她从送菜的角落里出来。在争闹中，女孩背后的其他男人卑劣地攻击她的臀部，迫使她转过身来。

这画面既粗鲁，又野蛮，异常原始，同时又散发出一种兽性的、纵酒狂欢的、异教的喜悦。此地和修道院的寂静隔了一千里，而在离此地不远的修道院里，有来自天堂般的声音在纯金的花冠下吟唱赞美诗。这种邻近让人窥见，许多世纪以来，基督教秩序凭借它的盛况和它的道义，和人的异教本质进行了怎样的殊死较量。教会建立起自己的统治、权利和荣耀，却改变不了人内心的本质。在基督的平和（远离尘世的修士们是这种平和的极致象征）和人对简单而粗犷的激情的放任之间甚至产生了共生现象。世俗者被允许享受肉体上的欢愉，享用食物和酒，条件是他们要负担起艰苦的体力劳动和繁衍后代的责任。因此修道院的修士和低级饭店女招待许多世纪以来就形成了一对稳固的组合，尽管荒谬，却在西班牙乡村的这个角落完好地存活了下来。

这对组合唯一的陌生元素，就是我。当我礼貌地对女招待说话，声音温和而双手安静地放在桌面上，她们非但不欣赏我的文明举止，反而轻蔑地看着我，大笑着夹紧大腿转过身走了。

我先是感到诧异，不过，仔细想来，我认为这样的反应是很正常的。像我这样离僧侣的虔诚和粗俗的欲望同样遥远的个体，是基督教秩序崩塌的产物。更糟的是，我们同时还是造成这崩塌的原因。通过和宗教的最高权力进行斗争，这些自由的意识生成了一个新的人，充满傲慢，一方面试图摆脱信仰，摆脱基督教的奥义和戒律；另一方面，也摆脱原始的冲动、粗俗的欲望和强力的统治。

这个现代的人繁衍得如此迅速，以至于他用自己的工具取代了教会的帝国：科学，媒体，金融。他让旧秩序消失了。而在新的秩序里，农民和修士一样没有地位。由于我这类人的存在，女招待成了她们世界里的弃儿。我觉得自己就算不是罪有应得，至少也能理解，她们对我表现出的鄙夷……

基督教徒的一段美好时光

在路途的这一整个阶段，我的精神阅历得到极大的丰富，我参观途经的每一座隐修院，参加礼拜堂和教堂的晚弥撒。我从中得以判断今天基督教徒小世界处于怎样特殊的状态，尤其在西班牙。

虽说还有许多人星期日来做礼拜，晚弥撒就只能吸引那些年纪非常大的人了。神父看起来只为这些人服务，我见过几个草草了事的神职人员，显然很恼火浪费他们的才华给只有寥寥无几的受众。

在某些地方，尽管（或因为）教堂里空空荡荡，信众的虔诚依然令人惊讶。我记得有天晚上在巴斯克地区，在一座装饰着简单铁艺十字架的潮湿教堂里，一名相当年轻的女子嘴里发着r音诵读《圣母颂》,犹如山石倾泻,引起听众的强烈回应。随着这些简洁明了的祈祷文不断重复,人们感到教堂里的热烈气氛不断加强。虽然聚集的信众人数相对较少,此地却仿佛充满了精神的能量。当神父终于出现在祭坛的时候,他的现身引起了听众真正的感情宣泄,或许还包含更亲密的情感。

朝圣者,从一个礼拜堂到另一个礼拜堂,对当地基督教的不同地层做了名副其实的地质切片。

在富丽堂皇的大教堂,他遇见神职人员中的精英,最圣洁或最聪明的神父,他们知道如何偏安一隅,尽管还没成为红衣大主教,但已经被授予丰厚的俸禄,主管舒适的教区,有最漂亮的住所。而另一个极端,在偏远的乡村,一名教士艰难地生存着,与之应该反对的异教习俗毗邻而居。正是从这些无产神职人员身上,我们看出贫穷、杂乱、欲念的影响,它们也带着基督的烙印。无能,有时酗酒,甚至可能和人私通的教士,他们来自这些可怜的乡村牧师,即使不被宽恕,至少应该受到宽容的评判。他们不像富裕的特权阶层那样培养自己的恶习,而是把这些恶习当作悲惨生活给予他们的少许安慰。可他们更像格雷厄姆·格林笔下而不是巴尔贝·多尔维利笔下的人物。

有时我们也会看见这稀稀拉拉的基层神职人员队伍里混进了几个比较现代的人,他们的经历是一个谜。我就遇见过这样一位难以归类的典型人物,那是一个星期天,在坎塔布里亚。前一天晚上,我在一座巨大的蓝色修道院提供给朝圣者的楼里入住。我一个人待了很长时间,直到进来两个韩国女人。一见到我,她们就躲到寝室最里面去了。我这才意识到自己不修边幅:经过了这些日子一路跋涉、风餐露宿,我看上去不说危险吧,那也是形象可疑的,至少对于亚洲女性来说,她们入住后的第一件事就是打理全身,直到鞋底。

第二天是星期天,修道院的礼拜堂举行了一场弥撒。我很想参加,因为接待我的修士们都那么的虔诚和仁慈。唉!出于实际因素的考量,我错误地放弃了。修道院的弥撒开始得晚,因而我更愿意去参加在教区教堂举行的上午弥撒,它位于修道院上面一点。

这是一幢宏大的建筑,灰泥已经开始剥落。恐怕今后有一天,一位忠实教徒来参拜天上的主,却不料教堂的天先落到了他头上。

十几个长舌妇聚集在门廊下,我在一排位子中间坐下,试图汲取飘荡在此处的少量神性。大声说话的妇女们哈哈笑着相互打招呼。时间一分一秒过去。忽然,在众人的高声闲聊中响起一个低沉的嗓音,是好听的男中音。它显然属于一名对自己的嗓音十分自豪的男性,于是便尽情挥洒它的音色。我转过头,看见一位四十来岁有点壮实留着胡须的男子,衣着考究,神气活现地走在女教友们中间。看起来她们着节日盛装是为了取悦他。一个十几岁的男孩,有些胖,黑色头发表情呆滞,被长舌妇们推在前面走着。从我坐的地方,我隐约听见他们在谈论初领圣体的事。神父多了一个新信徒显得很高兴,他拍拍男孩的脸颊,揉揉他的头皮,还有肩膀。那孩子脸上始终木讷,任凭他揉捏。

我算了算弥撒会推迟多久才能开始;到这儿来我肯定不会有什么收获。修道院就不会推迟仪式开始的时间,如果我留在那边等,会少损失些时间。神父还穿着便装;还得等他更衣。他一面继续和那群女人热烈交谈,一面走进中堂,把那男孩紧紧搂在身前。最后,在这名人质的保护下,他消失在圣器室内。

令我大为惊诧的是,他几乎马上就出来了,法衣斜披在西服外面。走向麦克风的时候,他紧锣密鼓地跟助理交代事宜。只有十字架能将这位长篇大论的演讲者与一位会议中滔滔不绝的政客区分开来,那还是他开口说话前急匆匆戴上的。

完全没有讲道,没有任何熟悉的礼拜仪式的元素,没有一丁点儿来自福音书的引用参考;这位神父漫无边际的演说内容无非是一篇既没有计划又没有目的的时事评论:金融危机,利比亚战争,萨帕特罗政府,中国的经济竞争力,野生动物的非法买卖,混合动力汽车的前景,欧元的稳定性,海啸预警,自然公园存在的理由,等等。

他滔滔不绝地说着。从他的表情看来,神父显然对于有这样公开表现的机会喜不自禁。在他舞动袖子或下巴增添演讲效果的间隙,他会抓住唱诗班的男孩,像是让他充当证人。有时,在说到暴力现象时,他就拍一下男孩的后背,捏捏他的耳朵,可是有时,他又平静下来,怜爱地抚摸男孩那头卷曲浓密的头发。男孩始终面无表情,不管是被摸还是被拍。没有人对这些暧昧的举止表现出不满。村里人显然将这温顺的猎物献给了神父，有点儿像把一只活老鼠扔给蟒蛇。

我时不时焦急地看看手表。已经过去半个小时了，主祭人仍然不愿提到任何弥撒的传统内容。

女教徒们端坐在椅子上，一边听着有时还点点头，大部分投向她们的话语炮弹都从头上掠过。显然，她们已经接受了这个现实，也许起初她们也觉得它很特别：这位外向型神父做的弥撒不像弥撒，而更接近她们家电视荧幕上常见的脱口秀，所以她们不觉得别扭。

我猜想，等他那没完没了夸夸其谈的演说结束，神父应该还是会草草举办一个领圣体仪式，可我承认自己没有耐心等到那时候。评论完了普京的独裁专制，他又开始抨击欧洲足球俱乐部交换球员的敏感问题，这时我站起身来，走向出口。我能感到神父停顿了片刻。双手紧紧抓着男孩的肩膀将他揽在身前，他用这短暂的安静，证明了对敌人取得的胜利，对于敌人他可是毫不犹豫地攻击。长舌妇们面露微笑，看着我走到门口，我不无尴尬地背负起魔鬼的角色，刚刚被神父坚决地清除出教堂。

我到了外面，还是那个朝圣者，只是有些昏昏沉沉。天上下着毛毛细雨。这段插曲标志着我追随宗教的时期告一段落。我应该是一个没什么信仰的人，至少认为到教堂来听我在报纸上就能读到的内容是毫无意义的，我开始感受到基督教在我身上泛滥的副作用了。我对晚祷越来越没兴趣，它和临终圣礼那么相似。我再也不急着去教堂或修道院了。我厌倦了延长路线只为绕到不知第几座隐修院，里面燃着同样的蜡烛，枯萎着同样的花束。

从这最终也是最后的保护套中解脱出来，我这个即将完成第三个星期旅程的朝圣者终于一身轻松，准备好迎接朝圣之路的真相。我褪去了梦想，而后是思想，最后是信仰。一连串的脱胎换骨之后我还剩下什么？我很快就能揭开谜底，这时坡路变得更陡峭，空气也更清新了。

沿着阿方索二世和佛的足迹

在奥维耶多,一切都是高贵的:礼拜堂,大教堂,街道,门廊,外墙。地上,当然,路面也用最奢华的雅凯记号标注:花岗岩路面上镶嵌着铜制的贝壳。贝壳指引你走向地面上平铺的一块最引人注目的路牌:它就在大教堂不远处。这是一块发亮的长方形金属牌,标出通往孔波斯特拉的一个大分岔路口。正前方,沿着一条小小的蜿蜒向下的街道,可以走到希洪,那是沿海朝圣路线的延续。如果选择另一个箭头的指引,就会沿着原始之路走上林荫大道,而后向群山进发。

我前一天在城里游览时就记下了这个十字路口。第二天拂晓出门的时候，街道和广场上空无一人。没有哪个头脑发昏的游客会大逆不道地用球鞋玷污众人崇敬的铜质路牌。我在这个历史性的分界线面前矗立片刻，缓缓地、满心激动地迈出第一步，追寻阿方索二世在公元九世纪的足迹。真是"人生一小步，人类一大步"。

在孔波斯特拉发现圣雅各的遗骨显然是不可信的。基督使徒出现在伊比利亚半岛的末端完全不可理解。换句话说，他在那里无事可做。这个相当离奇的故事应该是杜撰的，说他的遗体被放在船上，而船又漂流到了西班牙，以解释一个死于耶路撒冷的人，他的骸骨八个世纪以后如何会在三千公里以外的地方被找到。算了。随便相信什么。不管怎样，听人讲故事不算难受。当一切都值得怀疑，是否相信它就取决于每个人的自主性：如果我愿意去寻找真相的话……

不过，这个经不起推敲的历史虚构却是一个高明的政治手段。开辟一条通往西方的朝圣之路，这就用基督教平衡了此前所有人都前往的两个东方圣地：罗马和耶路撒冷。信众的大军[1]浩浩荡荡地走在赎罪的道路上，出于惩罚或自愿的赎罪，他们要追随阿方索国王，由东向西转向欧洲大陆的尽头，见证太阳落入大西洋的加利西亚。而这股洪流不是盲目的：它要到被伊斯兰教占领的土地上安营扎寨。阿斯图里亚斯因其地形起伏而得以保持王国的基督教血统，收复失地运动以那里为起点，这第一个动作机敏而且也不那么咄咄逼人。去参拜遗骨，尚且不是组建军队。朝圣者的先锋迈出了第一步，使得整件事看上去像是私人事务。尾随其后而来的，是卡斯蒂利亚的大部队。如果说在孔波斯特拉朝圣途中就孕育了占领格拉纳达的种子或许还言之尚早。阿方索国王写下的故事流传更为长久。何况，圣雅各本人，根据地点和时代判断，他当时要么被描述成一个贫穷的朝圣者，虚弱又

---

[1] "可怜的朝圣者大军"这个概念受到某些中世纪历史学家的质疑。他们认为当时的朝圣者主要是贵族和商人，资料研究也没有线索表明当时发生了今天大家乐于想象的大规模的迁徙。详见文章：路易·莫拉雷与丹尼斯·佩里卡尔梅亚著，《孔波斯特拉的胜利》，圣雅各新闻（在线），孔波斯特拉朝圣历史。

他们的博士论文（尽管有许多其他学者提出异议）认为朝圣自始至终就是教会的政治手段。的确，它诞生于阿拉伯人占领西班牙期间。十九世纪重新发现遗骨和莱昂十三世发起朝圣运动与当时大举推动政教分离相呼应。一九三七年朝圣的再度兴起被认为是对内战时期"从天主教法国到天主教西班牙"运动的支持，等等。——原注

无能为力，要么是个形象狰狞、砍杀撒拉逊人的骑士，他也因此被冠以马塔莫罗斯的绰号。

我迷迷糊糊地走在街上，这段历史为我提供了做梦的素材。从原点出发后，我被投放到阿方索国王的随从队伍里。我试图通过他的眼睛观看，想象我走过的起伏征程。在那个时代，没有人行道和马路，也没有高楼和商店。西班牙人喜欢在城里到处安放真人大小的铜像，这些静止不动的奇怪雕像在我看来像是石化了的证人，它们一动不动地见证了阿方索从都城浩浩荡荡地出发。过了挺久，大概两三个小时之后，我做梦的本领不赖，还能想象出山脊袭来的凉风吹得王室军旗猎猎作响，村民们聚集在一起为国王欢呼，朝臣的队伍殷勤地想骑在离君主最近的位置。关于朝臣，我很了解他们：我有幸近距离观察这些大型动物，他们是低级的猫科动物或者食肉的猛兽，自古以来就被不断复制，不知过了多少个世纪，他们奉承有权有势者而又蔑视弱者，不管怎么说，他们的存在是有违一切道德的：我指的是可鄙而永恒的马屁精。

然而，很快，这番试图给我的思想一个方向和形式的最后的努力让我筋疲力尽。我丢失了朝圣之路的连贯，辨别不出它的方向和地形，把朝圣者的生死都托付给自动定位仪，而且很快就认不清墙上的贝壳记号了。

一股奇怪的舒适感充斥我的全身。我身上哪儿也不疼了，虽然已经走了几百公里。我的欲望比我消瘦得还要快：它们缩减为少数几个愿望，有几个很容易满足，比如吃饭，喝水，另外那个比较难以达成，可我已经打定主意，那就是：睡觉。我开始感觉到我身上存在一位美妙的伙伴：空虚。我的头脑里不再形成任何画面，没有任何思考，更没有任何规划。我的认知，如果我曾经有过的话，现在都消失得无影无踪，我也不觉得有任何必要回想起它们。发现一道风景时，我心里不再会想这像科西嘉岛或任何其他我认识的地方。我怀着美妙的新鲜感看待一切，用一颗重新变得简单如爬行动物或冒失小青年的大脑面对世界的繁杂。我是一个新的生命，抛开了记忆、欲望和野心而一身轻松。一个史前人类，不过属于一种特殊的类别：会走路的。无边朝圣之路上的小不点，我既不是我自己也不是他人，而是一个行走的机器，最简单的会想象的机器，最终的结局如同它短暂的存在一样，就是一步一个脚印地往前走。

所以，我睁大双眼，阿斯图里亚斯尽情施展它的魅力。在这些美好的日子里，原始的山谷和壮阔的山脊跳着一支永不落幕的孔雀舞，山坡上未受破坏的村庄和道路如同神的轻抚。

走在高山牧场上，一连几个小时都是满眼青翠，蓝色的夜空如铁幕一般笼罩着这片美景。纯净的山泉在我口渴时为我解渴，村庄里有松软的金色面包，撩人的微风梳理着朝圣者因沾满尘土而僵硬的头发，一切就这样扑面而来，不假思索，不带丝毫情感、急切或遗憾。

我穿过森林越过山口，跨过堤坝的黑水也遇见过宏伟的谷仓，矗立在山丘上就像传说中的四脚兽；我缓缓走在咿呀作响的巨大风车的阴影下，睡在陡峭的岬角之巅，岬角边的峭壁上生长着大片的针叶树和绿色的橡树。

在壮丽的风景中，朝圣之路向我倾吐了它的秘密。它悄悄告诉我它的真相，而后者随即变成了我的真相。孔波斯特拉并不是属于基督教的朝圣，远远不止，或者远远不够，这取决于人们如何看待披露的这个问题。它不真正隶属于任何宗教信仰，所以说实话，我们可以随心所欲地给它归类。如果它必须接近一种宗教，那应该是所有宗教中最不像宗教的，它从不提起上帝，却允许人类接近上帝的存在：孔波斯特拉是一场佛教的朝圣。它释放思想和欲望的苦恼，清除一切精神的虚荣和身体的苦痛，去除包裹着事物令我们的意识无法接触的僵硬外壳；它让自我与自然产生共鸣[1]；同一切宗教启蒙一样，它经由身体向思想渗透，没有这番经历的人很难体会。有些人，走完同样的旅程，却得不出同样的结论。我说这些并不是为了说服别人，而是单纯描述这旅途对我意味着什么。换种表面看来更有趣的说法：前往圣地亚哥，我一无所求，却满载而归。

---

[1] 朝圣今日的复兴和它普遍的巨大成功对这一误解并不陌生。一九六〇年代由基督徒设计出来的朝圣之路现代神话，包含那不计其数的路线，对中世纪朝圣者"人潮"的引用，它的安贫准则在远远超出天主教世界的地方找到了回声。朝圣与一种更综合性的、更不稳定也更不受教会框制的当代灵修协调一致。许多踏上孔波斯特拉朝圣之路的人都是被俭朴、与大自然融为一体以及自我释放的价值观所吸引，这些在朝圣的初期恐怕是完全缺乏的。他们的行走与其说是基督教的不如说是后现代的。我们可以假设孔波斯特拉代表的是另外一种宗教（例如亚洲或东方朝圣的形式出现），他们一样会蜂拥而至的……这证明，如果需要证明的话，其实没有必要在东方宗教里寻找基督教世界所缺乏的灵性。达赖喇嘛从不放过任何机会提醒想加入藏传佛教的西方人，他们可以首先从基督教的资源里汲取养分。——原注。

遇　见

　　这个新状态并不是孤独的同义词，恰恰相反。孔波斯特拉的朝圣者自我进化到了这个阶段已经能够像和自然交流一般轻松自如地面对他的同类了。和其他事一样，他这么做的时候既没有欲望也没有计划，既没有幻想也没有私下的算盘。我正是在这样的状态下有了最美妙的相遇。

　　必须承认，对于我来说，这个新状态与其说是宗教的不如说是哲学的。我突然有种直觉，狄德罗笔下的宿命论者名叫雅克并不是出于偶然。我感觉自己处在年轻骑士的情绪里，简单且无知，惊奇地看着世界，反复琢磨上尉的命令。我微笑着为自己背出小说美妙的开场白：

　　"他们是如何遇见的？萍水相逢，和所有人一样。他们叫什么名字？这与您什么相干？他们从哪儿来？从最近的地方。他们要去哪里？我们知道自己要去哪里吗？他们说什么？主人什么都没说；雅克说他的上尉讲过，世间发生在我们身上的一切好与坏上天自有安排。"

自此以后，我正是本着这样的精神继续前行，也多亏了它在我身上产生的良好情绪，让我能够无拘无束地对他人敞开胸怀。

我觉得朝圣途中有一处地方是这个新阶段的象征：科内利亚纳修道院。当时我刚走完一段很长的路程，来到了格拉多。这座城市建在山上，是一个十分热闹的集市所在地。我经过的时候，老城区的广场和小巷都被占满了。我逛着小摊却什么也没买，嘴上挂着怡然自得的微笑，如饥似渴地欣赏着却没有购物的欲望。接着，我在一个小广场的咖啡馆找了张桌子坐下。天气很热，广场上都是人，一些西班牙家庭谈得热闹。

时不时地，他们不安地看看天空。他们担心的雨很快就落了下来，大滴的雨点打在石子路面上。所有的顾客都跑了。我独自一人在广场上，坐着，一动不动，微笑着，看水湿透我的桌子。

我们不得不承认朝圣者的佛教徒状态使得他反应不那么敏捷。他甚至变得愚蠢，满脑子的极乐思想不仅扼杀了他身上的反抗精神，甚至还磨灭了他的主动性。女招待跑过来，头上顶着一块折叠的餐巾，来找我结账并收起遮阳伞。她的到来让我决定起身离开。不慌不忙地，我走到一所房屋的门廊下躲雨。

两名朝圣者，一个男孩和一个女孩，步调一致地走进一条高处的小巷，上面有一个雅凯的记号：应该是朝圣之路的延续。女孩看了看我，冲我微微一笑。她十分美丽。我大方地回以微笑，就像在森林中面前出现一头母鹿时那样的微笑。我很久都没有这么平和了。在外人眼里，很可能觉得我这是蠢笨。

雨终于停了，我离开了格拉多。那两名朝圣者早已消失得无影无踪。这段路不是太美：它沿着国道，穿过许多现代十字路口。我不在乎。每隔一段距离，就有黄色的箭头或贝壳为我指路。我懂它们的语言。我觉得整个环境就像一个巨大的圣雅各乐园，人人都很友善，走各自的路。

就在前面稍远一点的地方，箭头指示我跨过一条河流而后再沿着它继续行走。陡峭的河岸上修了一条漫步道：我走在漫步道上，和出来纳凉的西班牙人擦肩而过。看见朝圣者令他们很是激动，他们跟我打招呼，我则还以傻笑。他们肯定以为我抽了五六根大麻吧。

最后，在漫步道尽头，我看见了科内利亚纳修道院附属大教堂的塔楼。我决定在那儿歇一晚，如果还有位子的话。

等我终于来到修道院的入口，却是多么惊讶、多么失望啊！整座建筑已经变为废墟。一丛丛野草从教堂的石雕中间冒出来；大寝室的门楣摔成了碎片，窗户玻璃也破了。一个供人们长年祈祷的地方如今却被上帝残忍地抛弃，再也没有比这更令人悲伤的事了。这样的相遇对我而言来得正是时候：我刚刚和信仰拉开距离。上天如此的忘恩负义只是更坚定了我远离宗教规则的决心。然而，这地方保留了一股迷人的灵性，从斑驳的墙壁、四周的宁静，也许还从多少世纪的祈祷和困苦留在石头上的无形沉淀里散发出来。

我正要接着赶路，蓦然发现一块小牌子上写着"朝圣者庇护所"，指示访客绕到建筑背后。的确，在楼后面有一个庭院，里面安置了一些宿舍。一位留着大胡子脸色无比忧郁的工作人员接待了我，有气无力地给我的通行证盖了章，让我自己去安顿。有那么片刻工夫，我以为他是个修士，是老修道院瓦砾下残存的修会成员，他的忧郁也许源自他见证的某场灾难。并且，和往常一样，我傻呵呵地问他，晚祷几点开始。

他不屑地看着我，起先他以为我是在开玩笑；当他弄明白我是认真的，便摇摇头，厌倦地解释说这里"老早"就没有修士了。然后他转身走了。显然我遇上的是佩波那而不是唐·卡米洛[1]。

我走进一间直通院子的寝室。房间里空无一人，却维护得无可挑剔的好：簇新的寝具，独立衣柜上装着色彩鲜艳的金属门，洁白无瑕的瓷砖。我意识到这里是市政府办的，数量不多可是做朝圣者的庇护所很理想。只要，当然，市政官员决定发善心给他们的社区配备这样一座建筑，这些市政庇护所没有困扰宗教团体的经济顾虑，也不像私人租客那

---

[1] 佩波那与唐·卡米洛是意大利幽默作家乔凡尼·瓜雷斯基（Giovanni Guareschi, 1908—1968）系列作品中两个针锋相对的角色。其中佩波那是共产党员，小村村长，唐·卡米洛是村里的本堂神父。

样不近人情贪得无厌，它们通常都装备完善，面积过大，少有人住。

不久前我还有过一次类似经历，在途经波拉德西耶罗城的时候。我不经意走进一间全新的庇护所。管理它的协会负责人以为里面没人住，他们从家里急急忙忙跑来为我打开橡木大门。整件事的滑稽之处在于，我们在里面发现了一对德国夫妇，可是没有人注意到他们的到来。男士留着灰白的胡子一直垂到腹部，他妻子的头发全白了。庇护所负责人的第一个想法和我一样，说这两个倒霉蛋可能被遗忘了，我们刚刚发现的其实是两个中世纪的人，不知是否红胡子腓特烈一世和他的妻子，从千年的沉睡中被我们的到来吵醒……

在科内利亚纳，我出于好奇把所有寝室都转了一遍，发现每个房间里都只有一张床有人占用。选择这个驿站的少数朝圣者显然很悠闲。

我回到院子里。面对寝室有一排门，分别通往卫生间、洗衣房、厨房。一条带顶棚的小走廊在炎热的季节供人纳凉。走廊里摆放着一张桌子和几把椅子。我坐了下来。几只燕子飞过逐渐暗沉的天空。夜晚的风吹得绳子上的袜子哗哗地响，凭这些袜子，无形的朝圣者大军表明了他们对这个地方的控制权。在本该是晚祷的歌声在院墙内回荡的时刻，只有寂静和斑鸠时不时发出的咕咕叫声迎接日落。我坐在那里不知道胡思乱想了多久，这时围墙外传来说话的声音。不一会儿，一小群人走进院里来。我认出在格拉多遇见的那两位年轻的朝圣者。和他们一起的，还有两名中年男子，一高一矮。矮个子大声说着卡斯蒂利亚语，语调优美语速很快。女孩的笑容清澈纯洁，像在谱写一首旋律，而男士们低沉的嗓音如通奏低音般为她伴奏。

他们看见我，远远地和我打了个招呼，然后就走进寝室去了。很快我听见淋浴声，门的开关声，还有不停的笑声。终于，等大家都梳洗完毕，换上了带来的最体面的衣服后，四位朝圣者走出来加入我，围坐在桌子旁边。

我很难详细描述这个夜晚。没发生什么特别引人瞩目的事。我只记得大家都很友爱，满是欢声笑语。那女孩，金发碧眼衬得她细腻的脸庞越发明媚，她是所有人关注的焦点。她感觉到了，也因此而兴奋。玛丽卡，这是她的名字，来自巴尔干半岛的一个小国，已在西班牙生活了好几年，在南方的一个海滨城市。我们没人敢问她是做什么的。那个城市以享乐甚至色情业闻名于世，自然会让我们怀疑，一个这么漂亮的女孩选择在那里定居的理由。这些幻想为她增添了一种神秘甚至是放荡的气息，对我们则体现了朝圣之路女性化的一面。

庭院大门的三角楣上有一幅奇怪的浅浮雕。描绘的似乎是一个裸体女人的身体，躺在地上，那儿还躺着一只巨大的熊。我在旅游指南上读到过相关的传说：从前当地领主的新生婴儿被一只森林里的母熊从奶妈那里叼走了。于是展开了一场大搜救：人们找到了被母熊喂养和保护的孩子。如果说传说中没有任何肉欲色彩，浮雕里可并不缺乏。婴儿有着成人的身体比例和女性体型，而熊呢，虽然是母的，却被赋予雄性的线条。修道院似乎顶着这么一个神秘的情欲符号：一边是我们这群来自森林的单身男人围绕着美丽的斯拉夫女孩，另一边是那跖行动物将一具雌雄同体、赤裸的人体放在自己毛茸茸的肚子上，体现的是同样的原始冲动。

她的同伴比她年轻许多，是比利时人。很快就能看出他们之间没有私情，充其量只有并肩朝圣途中产生的好感。两人和我一样,都过了那个极限,欲望和热情已经变得迟钝。我觉得他们是两个处于佛教禅修阶段的雅凯,我们的交流很快就按以下方式展开:安静,超脱,在一起的幸福。

那两个西班牙人是从奥维耶多出发的。他们才走了两天,还没有摆脱欲望的幻想。个子较小那个名叫拉蒙,显然是最公开地热衷于调情的人,调情这个词在朝圣之路出现以前或还不为人所知的年代就已经有了。高个子名叫何塞,他的脚特别疼。性格温和,没有恶意,嗓音沙哑,他只对朝圣之路的高低起伏和鞋子的(恶劣)质量发表了少数几句评论。拉蒙的知识面可就广得多了。他跟我们讲了一晚上关于朝圣之路、朝圣者、西班牙的历史,逗得我们哄然大笑。他说这些轶事显然是为了急切地凸显他的价值。据他说,他已经走过两次朝圣之路了。他还有许多其他的运动才能,不可思议的攀岩,难忘的马拉松,地区运动员头衔。这一切和他窄小的肩膀、纤细的大腿和肥胖的肚子形成了强烈反差。不过他故事说得很好。因为明知道它们不是真的,所以听起来更加可笑。那女孩笑得花枝乱颤,拉蒙预料自己有戏。他应该是根据那条原则作出的判断:"女人笑了就等于得手一半",但他没有意识到，无论男女，笑都分很多种。年轻女朝圣者的笑声里更多的是嘲弄而不是迷恋。如果拉蒙打动了她，那也只是看在小丑为了掩饰悲伤所做的努力的分上。小个子男人的外形如此不讨好，心里充满欲望也许还有爱情的骚动，拼命把自己扮成白马王子，其实连他自己也不相信。温柔的夜色降临了。桌上点燃的一根蜡烛勉强为我们照明。我们听拉蒙大声讲他臆想生活中传奇的丰功伟绩直到很晚。然后我们各自回寝室睡觉。

这四个人在原始之路上每隔一段路就会和我重逢。我们从不曾预料还会再见面。然而，相逢却总是不断发生。起初，那位拉蒙，一心想着俘获爱情，费尽心思要让玛丽卡留在他一个人身边。他不惜做出极不诚信的举动，只为了抓紧时间出发，以便和他的美人儿单独相处。比利时小伙子没表现出什么嫉妒。拉蒙明白，如果他和那年轻女子一起走了这么长时间都没发生什么，那他就算不上主要竞争对手。何塞，他的大个子同伴，满脚水泡，又一丝不苟的虔诚，也构不成威胁。他只需在山坡上加快脚步把他甩掉即可，这样最终，他或许就可以在恰当的时候，向心上人完完全全地表达爱意了。事实上，我是他最提防的人。当我意识到这一点，我觉得有些难过：我挺喜欢他，而且自认为已经把我的态度表达得够明显了，我几次三番提到我妻子很快要来和我会合，而且我对漂亮的玛丽卡没有想法。

拉蒙的戒心让我此后意识到年轻的外国女孩和我之间关系的复杂性。他误会了这层关系的性质，但凭借着恋爱中人的敏感，他总是在我们面前强调他的存在。

一路上，玛丽卡对我说了许多关于她的事。她跟随一个男人来到西班牙，学会了一口完美的西班牙语。他离开了她。尽管困难重重，她还是决定留下来，靠着在安达卢西亚沿海的一家旅行社赚的钱，养活留在家乡的母亲。她每天晚上都和母亲通很长时间的电话。这是一个忧伤而孤单的女孩，她把伤口深藏在快乐的外表之下。她的美貌是她大部分时候都想隐藏起来的武器，只有当她终于遇见心仪的男子时才会派上用场。尽管如此，这众人眼中的珍宝还是给她带来了许多讨厌的人，他们的热情她无意分享，由此产生的嫉妒却让她成了受害者。我对她的认识越多，见她走在圣地亚哥之路上就越不觉得奇怪了。我感觉她迫切地想将她所在的虚假而浮夸的世界中的乌烟瘴气清除出去。她身上原本有一份纯真，只能在她的家乡或这条朝圣之路上才能找得回来。

我是慢慢了解到这一切的。因为头一天早上，从修道院出来时，我一开始以为再也见不到她了。拉蒙叫醒她，拉上她走了，比利时人和何塞也跟着，唯独提防着我不要跟上来。不幸的是，我在萨拉斯追上了他们，那是一座美丽的中世纪古城，到了市中心广场她想喝杯咖啡。我也在那儿停了下来，拉蒙借此机会让其他人先走，而后又再次摆脱了我。

可是，尽管他吹嘘过那么多丰功伟绩，事实上他徒步行走的本领很差，我还是再次追上了他们。我们一直结伴走到了蒂内奥。这座城市矗立在一个陡峭的山坡上。朝圣者的庇护所建在高处。整座建筑除了有利的地形，其他地方都让我恶心。拥挤杂乱到了极点，床与床几乎挨在一起。唯一的淋浴有十几个人等着用，他们排着长队一语不发。接待员是个蛮横无理而又坏脾气的年轻人，把朝圣者像犯人般对待，当然，他们的确是犯人，可真的有必要反复提醒他们这一点吗？

我一走进蒂内奥的庇护所就明白我的伪佛教超脱尚未圆满。对打鼾者的戒备和对失眠夜的恐惧远远没有消失。我逃了，这让拉蒙大大地舒了一口气，我去我的帐篷里睡，在离此地十多公里的地方。

第二天一早我起来闲逛，从逻辑上来讲，我应该会遇到玛丽卡和她的追求者们。我甚至可能暗暗地希望再遇见她。然而不巧的是我离他们越来越远了，我离开了原始朝圣路的正统路线。

在朝圣之路的顶峰

在朝圣之路上，我们遇到过几位上天恩赐的女人。她们为朝圣者作奉献，用上天赋予她们的一切品质为他们服务。在阿斯图里亚斯城市比利亚维西奥萨，我在一间漂亮的酒店过夜，简单的装饰有家庭的温暖。女主人本可以将客源锁定为高端的游客。可她喜欢朝圣者。我不知道她是在许下了什么愿望之后，决定为他们的福祉献身的。在离城市好几公里的朝圣之路上，树上有些小蝴蝶给他们指示，欢迎他们到她店里入住。她知道他们囊中羞涩也大概了解他们的悭吝：她把价格调整到他们能够承受的价位。即便如此，她也当他们付了全价，丝毫没有降低他们入住的舒适度，否则她会埋怨自己。到了夜里，挂着高级细棉布帷幔的漂亮房间里就充斥着朝圣路上用的各种悲惨用具。我就是这样在一幅十九世纪的风景画和一张可爱的细木镶嵌的写字台中间晾干了我的帐篷。我把袜子挂在木雕花的床头，煮饭用具摆在一张小圆桌上。我相当肯定其他的朝圣伙伴在隔壁房间也是这么干的。早餐时，女主人显然是兴高采烈地来和雅凯们一起喝咖啡。她一边为女儿上学做准备，一边和朝圣者交谈，问他们睡得如何，休息得怎样，听他们讲孔波斯特拉，她从没去过那里。朝圣者们虽然心中愧疚，可是无法克制的本能还是让他们把桌上的面包一扫而空，放进背包储存。我知道在圣地亚哥，许多人都为这个女人祷告，或者至少曾经想起她来。

我遇到过另外一位完全不同类型的女人，在一个名叫坎皮耶洛的村庄里。那是在走出蒂内奥几公里之后。旅游指南上有两行特别提到这村里有一个叫"埃米尼亚之家"的杂货店。没有更多的信息了。我到的时候，出乎意料地发现了一家专门为朝圣者准备的旅馆。乍一看它的用途并不那么明显。虽然房子的外墙上有许多圣雅各的贝壳记号，可它们通常是给游客看的而不是给真正的朝圣者。我走进楼里，一个商品琳琅满目的乡村杂货店出现在眼前。右手边的吧台后面有一位愁眉苦脸的老板正在擦玻璃杯。最里边的冷冻柜里摆放着品种繁多的肉制品和奶酪，估计都有着形形色色的、二十公里以外就无人知晓的异国名称。最后，从墙上一直到天花板，摆满了各式各样的商品，有包装亮丽的洗衣粉，布满灰尘的塑料玩具，几瓶已经变浑浊的苏打水。

外面很热，将近中午了。我走进杂货店的时候，里面寂静无声，老板眼神凶恶，整个村里都没见到活人，我起初害怕自己进了一间要命的黑店，像传说中那样，骗游客进来后割断他们的喉咙抢劫财物。我战战兢兢地坐在吧台前，老板去给我拿可乐的工夫，我狐疑地看着挂在柜台上方的腊肠。它们会不会是用朝圣者的肉制成的呢？

一名妇人的出现让我这些阴暗的想法烟消云散了。她个子小而壮，穿一条黑色的连衣裙，外面系着围裙，她刚从灶台走出来：通过开着的门，能闻到美味的菜香从一个巨大的锡制平底锅的盖子下飘出。

说这妇人散发着权威还远远不够。她一进来，老板不仅脸色变得和墙壁一样灰，人也像被墙吸进去了似的消失得无影无踪。她对我瞪起两只伊比利亚人的眼睛，任何佛朗哥派的暴徒也不可能让那样的眼睛垂下。

"你想吃午饭。"她命令似的对我说。

她说的虽然是西班牙语，可是话里没有丝毫询问的意思，之前没有，之后也没有。不等我有任何回应，她又接着说：

"还没准备好。你先坐。坐那儿！"

走了这几个星期，我变得软弱了，顺从地坐到她用食指指给我的地方。她转身回了厨房，我继续等。过了一会儿，又来了一个朝圣者。是个高个子男人，鼻子整过形，染过的头发褪了色。从他的肌肉看得出他长期坚持去城里的健身房锻炼，为了展现它们，他穿上了黑色的紧身背心和一条到大腿中部的非常合身的紧身短裤。他看起来好像刚刚从一辆同性恋自豪日游行的彩车上走下来。手杖和背包跟他的衣着很不协调，却证明他的确是朝圣者，他出现在这家店也证实了这一点。

妇人又从厨房出来，命令他在我对面坐下，宣布说：

"饭马上就好。"

我们交谈了几句，不过很小声，以免打扰旁人。试过好几种语言后，我们发现彼此有一个共同语言：他是荷兰人，曾经在比利时学过法语。

我还是免不了心存偏见，心想这应该是他的第一趟朝圣之旅，他也不会是从很远的地方出发的，鉴于他异常整洁的衣着。

可我错了：这是他第五次前往孔波斯特拉，而且他是从布鲁塞尔出发的。说实话他已经走完了所有可能的路线。他说起朝圣就像在讲一个开得不大成功但又相当持久的玩笑。他发誓这将是他最后一次朝圣之旅。不过，根据他发誓的口吻，感觉他自己也不大相信，每一次朝圣他可能都许下过同样的誓言，又都实现不了。

杂货店老板娘突然出来了，高举着冒着热气的盘子，放在我们面前。对菜单的选择和位子一样不由我们做主。没有抱怨的可能，何况我们也压根不想抱怨。食物非常美味。

有别的朝圣者成群结队地到来。他们向我们打招呼，然后盯着我们看了许久。对于荷兰人和我组成一对伴侣他们倒不奇怪，他们只是好奇我们俩怎么一个那么干净另一个却那么脏。

午饭结束后，妇人走出来接受众人的欢呼喝彩。我们给了她应得的敬意。她和我们寒暄，最后更向我们敞开心扉。

她说她是一心一意为朝圣者服务。作为杂货店的继承者，她决定把它办成旅馆。我们马上明白这不是为了宗教的缘故。朝圣之路对她而言是一个财源，她使尽全力要抢占它。她计算过她的好处：坎皮耶洛位于朝圣之路上，而今后所有的旅游指南都会提到她的杂货店。唉！可惜她也遇到障碍，她很想跨过去：村子位于一段路程的正中间。朝圣者在蒂内奥过夜，然后出发去保罗德阿连德，并在那里过夜。所以她只能提供午餐。回报显然是可观的——我们拿到账单就知道了——可是她还不满足。

精力旺盛的杂货店老板娘野心勃勃地要让她的村子成为一个完全与众不同的站点，让朝圣者来这里住宿。为了达到这个目的，她将一个农场货仓改建成了庇护所。我们有幸获邀在午饭后前往参观。午后的阳光热辣无情，荷兰人和我走了几百米去看。我们浑身是汗。而老板娘，全身黑衣，在前面带路，额头上一滴汗珠也没有。她显然属于那种高回报的人体机器，消耗最少的水，将所有的食物包括最后一点卡路里都变为收益，把一切都转化为能量，最终变成白花花的银子。寝室是全新的而且很干净。妇人向我们吹嘘寝具如何高级，顺便提了床垫的价格。只是，和所有私人庇护所一样，床铺之间窄的厉害。老板娘的坚持和寝室的清洁都不足以让我改变主意：我要继续赶路。再说，现在为时尚早，我一天的计划还远远没有完成。我的同伴也不比我更感兴趣，直到他打开门，发现了一台崭新的洗衣机和干衣机。这些装置显然对他是必不可少的。他出众的整洁就得归功于它们。很明显，他实行了一种独特的朝圣模式，不是从一座教堂走向下一处古迹，而是从四十摄氏度的棉织物洗涤模式到六百转脱水程序。走了五趟，朝圣之路对他似乎已经失去了所有的吸引力，除了这些生活便利设施，这是我根据他从洗衣房里发出的幸福尖叫作出的判断。他马上开始了一轮清洗T恤和袜子的程序，并且宣称他要留下来住一晚。

杂货店老板娘见我走出庇护所，还是没有放弃说服我留下来的努力。她指着朝圣之路上的第一个贝壳，告诉我这会成为她最重要的生意资本。

"从这里出发，"她的语调因为高傲而显得低沉，"还有一条小路。你的指南上没有的，暂时还找不到。可是有路标指路。是的，先生，一路都有贝壳和黄色箭头。"

我很感兴趣。一条小路，意味着更少的人，在这山区，还意味着更原始的风景。

"从历史的角度看，"善于推销之道的妇人接着说，"它比普通的朝圣之路更有意思。你一路上会遇见不止四个中世纪的朝圣者旅舍。风景美得令人窒息。"

她显然把最好的部分留到了最后。

"可是很远。你就不会经过保罗德阿连德了。第一家庇护所离这儿三十公里。换句话说，要走一天，从这里出发的话。"

她借助很长的停顿，让那个合理的结论渗入对话者的思想，就是说必须在她的庇护所里住上一夜。嘿！我也有我的王牌，这时才漫不经心地打出来。

"没关系，"我说，"我有一顶帐篷。路上随时都可以睡。"

妇人这下明白败局已定。可是，她的天性是不战斗到最后一刻绝不认输的，就算我做不成她的客人，至少可以当她的经纪人。

"走小路吧！"她用哀怨的声音对我轻叹，紧紧抓住我的袖子不放，"走吧，然后把它们写出来。告诉所有在你们国家出版指南的人，最美的朝圣之路是这一条。让他们改正错误,把坎皮耶洛作为站点标出来。"

我唯唯诺诺地答应了。以我的超然状态,我相信自己已经被足够真诚地说服去做这件事了。我现在写着这几行文字,从某种意义上来讲,正是在履行我的承诺。因为我一定要说的是,朝圣之路上的这条山间小道真是美不胜收,无论如何都不应该错过。

尽管杂货店老板娘会有所不满,但这条路的美好跟她所谓的中世纪旅舍毫不相干。第一个旅舍是一堆荆棘丛生的石头。一张我怀疑出自我们那位野心勃勃的老板娘的告示骄傲地宣称:第一旅舍。第二个旅舍是一截八十公分高的墙。第三个也是一路货色。至于最后一个,我记得只是一片鹅卵石,上面有一群羊在吃草。高海拔空气的寒冷、登高的疲劳以及口渴一起向我袭来,使我产生了幻觉。我相信自己看见羊群冲着我傻笑,当它们见到我读告示的时候。

不过,尽管这些所谓的古迹令人失望,这条小路的沿途风光的确不负盛名,甚至有过之而无不及。

朝圣之路向上攀升而后渐渐隐去。有时几乎看不见了,像一条简单的轨迹,一条虚拟的线掠过山峦。身经百战的朝圣者，经过这几个星期漫长的训练，已经能够在雅凯标记出现以前就察觉到它们的位置。他估摸着方向前行。他的思绪跨过高山，穿过山谷。他感觉、猜测的这条路线，所经之处海拔落差巨大，他一步一步地征服它。他以不变的步伐跃过山巅跨过深谷。身处如此广袤的天地之中，从没感觉自己是如此渺小，同时，借助思考和迈出步伐的微小力量，又与这天地融为一体。朝圣者，按维克多·雨果的说法，是侏儒巨人。他感到自己满怀谦卑而又力量无限。几个星期以来在意志缺失的状态下游荡，灵魂摆脱了欲望与期待，征服了身体的苦痛，消磨了急躁的心情，在这广阔的空间里，满眼的美景，无边无际而又稍纵即逝，朝圣者期待出现比他更强大的，确切地说，比一切更强大的东西。无论如何，这段长长的山地旅途对我而言，就算没有见到上帝，至少也感受到了它的气息。

教堂和修道院仅仅是候见室，我在里面等待当时还看不见摸不着的某种东西。现在，经过这些等待煎熬之后，我终于站在了它的面前，准备好要迎接这巨大的秘密。朝圣者必须独自一人且几乎赤裸，抛弃礼拜仪式的华丽衣物，才能够升上天去。在本质面前，所有的宗教都融为一体。就像阿兹特克祭司在金字塔，苏美尔人在庙塔，摩西人在西奈山，基督在各各他，朝圣者，在这高山上的僻静之处，将自己交付给风与云，他从尘世中抽身出来，远远地从高处望着它，摆脱了自身的痛苦和空洞的欲望，终于达到了惟一，本体，起源。无论叫什么名字。无论这名字代表什么。

我来到一个荒凉的山口，地上覆盖着低矮的草皮。我发觉四周起雾了。像白色的布匹，被冷风吹起，绕着地上的巨石盘旋。高原牧场上点缀着一些小湖泊，映照出影子。我与牦牛和羊群擦肩而过。忽然，地平线处出现了一群野马。它们有长长的鬃毛，欢快地跳跃着，风推动着它们，所以听不见我靠近的声音。其中一匹特别高大健壮的停了下来，一动不动地盯着我看。接着，它在空中划了一条弧线，弯下脖子，聚拢四肢，原地打着转，最后看了我一眼，便消失了。

如果我是史前人类，我就会跑进我的洞穴，在岩壁上画下这一晃而过的神奇动物，它身上聚集了所有的力量和美。今天的人类就是这样，走过漫长的一神论的弯路，有时精神恍惚起来，把自然界的物体当做神的化身：比如云，山，马。朝圣是一场将人类信仰的各个阶段都连接在一起的旅程，从多神论的万物有灵论到圣子的降生。朝圣之路让这个世界再次充满了魔力。每个人都是自由的，然后，在这个充满神圣的现实里，将他重新寻获的灵性关进这个或那个宗教，或者哪个都不关。此外，经过身体的跋涉和俭朴生活，精神不再那么干涸，忘记了曾经的绝望，那是因为物质对精神、科学对信仰、肉体的长生不老对上天的永恒施加的绝对统治而产生的绝望。突然有一股能量流入他的身体，把他自己也吓了一跳，而且，他不知该如何是好。

我永远都感激精明的杂货店老板娘让我经历了这样一段充实的旅程。下山走向萨利姆水坝的时候，我感觉不再是原来的自己了。当然，我并没有背负沉重的教条，没有任何声音向我口授新的《古兰经》或福音书。我没有成为先知，我写这几行文字也不是为了说服任何人皈依任何宗教。然而，于我而言，在我朝圣之路的神秘顶峰，我似乎看见了现实分崩离析，我得以窥见现实以外的世界，而现实又分散到它所创造的每一个新生物当中去。

从此，佛教的极乐里又增添了新的圆满。世界在我眼中从未如此美丽。

林中幽灵

可是，人不能总生活在顶峰，不论是本意还是寓意上的顶峰。必须走下来，回到同类中间。我正是这样走进郁郁葱葱的橡树林，它环绕着萨利姆人工湖。

在森林中央，临近傍晚时分，我遇见了一个古怪的人。这是我从高山上走下来后遇见的第一个人类，远远看去，他像个森林精灵。古希腊人会以为他是森林之神或者农牧之神，森林之神的化身。可随着我走近，我看清楚了他不像半羊半人的牧神潘恩，而更像酒神巴克斯。他醉得厉害。的确是一名朝圣者，而且简直像朝圣者中的第五元素。我经常遇见一些朝圣者带着一两样传统配饰，比如手杖或贝壳。可这一位是全副武装：垂到脚踝的斗篷，前檐上翻的帽子，浑身别满了圣雅各十字架，各种各样的贝壳，有从当地鱼贩那儿买来的，也有造型各异的银制胸针。他的大拐杖上，像中世纪一样，垂挂着一些梨形的葫芦。唯一现代的元素，是他背着一个双肩包而不是褡裢。不过，包的式样是老款，米色帆布面料，并不损害整体的和谐。

这人的脸被灰色的胡子吞噬了，他的胡子和我们周遭的森林一样乱糟糟的。我在他面前停下来的时候，他那两只没有血色的眼睛深陷在浮肿的眼眶里，直勾勾盯着我看。他用两只手扶着大拐杖，身体摇摇晃晃。

"旅途愉快。"我说。

他醉醺醺地嘟囔了一声。我听不清他的回答。

"你好！"

好像是德语。我网罗上学时的记忆，用他的语言对他说了几个字。男子点点头，倚着拐杖晃了几步，问我是不是德国人。只有喝得烂醉的人才会对这一点提出疑问，我糟糕的语法和口音足够说明问题了。我回答说我是法国人，他久久挪动下巴反复咀嚼这个答案。突然，他一只手松开拐杖，用关节粗大的食指指着我，拍拍我的胸口。

"你知道,"他嚷道,"我是一个老人。"

我点头表示赞同。

"知道我几岁了吗?"他用德语接着说,"七十八岁!"

我做了一个惊讶和赞赏的动作对此表示敬意。我是真心被震撼了:一位这个年龄的老人,独自在树林里走,冒着高温,离家乡如此遥远,而且离孔波斯特拉更远……我突然怀疑他会不会是病了而不是醉了。太阳曾经直射在他头上。有些脑膜出血会表现为精神病甚至醉酒。

他是不是需要什么?我能为他做点什么?他抓住拐杖生气地嚷起来。

"不,不,不!"

旁人会以为我试图打劫呢。

为了证明他完全不需要我的帮助,他补充道:

"我从科隆出发的。"

科隆!就算普通朝圣者也要花三个月才能走到这儿。而他,这个岁数,汗流浃背的,走路还得靠拐杖……

"走你的路吧,"他叫嚷着,"前进!如果你在前面看见另一个朝圣的人,问他是不是叫冈瑟。"

"啊，你不是一个人！"

他没理会。

"如果你看见他，告诉他拉尔夫马上就来。是我，拉尔夫。"

我和他道了别就走了。不时地，我回头看看：他还靠在拐杖上一动不动，像要在这片森林里扎根似的。后来我就看不见他了。路上我也没有遇见冈瑟。沿着小路走出森林，就来到了萨利姆水坝的顶上。天气炎热，我口渴得要命。我在一家能俯瞰湖景的餐馆露台坐下，吃了一个冰激凌。一批乘大巴来的机动朝圣者正在餐馆里大吃大喝。我本来也可以和他们一起坐在大厅里，因为里面有冷气。可是餐馆的狗跑来厌恶地闻了闻我，于是我没有鼓起勇气把我的流浪汉气味强加给这些衣着整洁的先生们和精心打扮的女士们。我在山上住了两晚帐篷，没有任何卫浴设备，也没有干净衣服可换了……

来到大萨利姆市，我路过一座周围有一圈拱廊的美丽教堂，走在主干道上，我决定在这里找个过夜的地方。根据我的旅游指南，那家兼售香烟的咖啡馆有两三个客房出租。我需要冲个澡，不受打鼾者威胁地睡一觉，清洗衣物。客房位于咖啡馆对面的一幢小房子里，楼下应该是酒吧老板和他的家人住的。走廊里有些绿色植物,墙上挂着几幅圣像。剩下的这个小房间对我很合适:它的窗户对着落日。我还来得及利用太阳的余晖来晒衣服。

我把自己仔细擦洗干净,穿上一条短裤和一件相对不脏的T恤,脚套进人字拖,下楼看看这村子长什么样。令我目瞪口呆的是,我在街上第一眼见到的人,竟然是拉尔夫,他坐在一间咖啡馆的露天座位上,已经摘掉了帽子和其他朝圣饰物,简简单单穿着一件莱茵河沿岸农民风格的条纹衬衫,长裤用大背带系着。他对面坐着另一个和他同年龄的人,我想应该就是那位冈瑟了。

在他们面前,咖啡馆的铁艺小桌子上,摆着两大杯一升装的啤酒。拉尔夫的到来依旧是圣雅各的奇迹。可杯里那顶着泡沫的金色液体应该对他的复活并不陌生吧。

加利西亚！加利西亚！

第二天是个大日子：它标志着我进入了加利西亚。这个西班牙西部的省份是圣雅各遗骨被发现的地方。如果孔波斯特拉是朝圣的目的地，那么整个加利西亚则享有圣人那不可思议的存在之盛名。进入加利西亚，就等于触碰到了目标。虽然我对阿斯图里亚斯产生了这许多的好感，我还是迫不及待要离开它，进入这段旅程的最后阶段。

经过历练的朝圣者不再有欲望，我曾经说过。如果需要再走上一个月，我也会毫无怨言地埋头前行。但是不再急不可待并不意味着没有感情。这是朝圣之路上的另一个发现，随着我们离目标越来越近，这份兴奋、幸福、平和也在攀升。到目前为止，隔着几百公里的距离，孔波斯特拉还只是一个词，而圣地亚哥也不过是凌乱梦境里的一个模糊目标。可继续向前走，很快，朝圣者就感受到它的存在。它将露出真容，出现在具象的空间里，不再只是思想或幻想中的存在，而是感官上的真实存在：我们将看见它，触摸它。

阿斯图里亚斯海拔高，景色单调，让人感觉是离目标最远的地方。而紧随其后的加利西亚却恰恰相反，是让人感觉离目标最近的地方。每每穿越一个地点都有强烈的象征意义。

我不知道这条边界线具体是什么形状的。它位于一座山口的位置，在阿尔托德阿塞博。经过一座树木繁茂的山坡就来到了这里，朝圣之路在坡上缓缓地蜿蜒。在距离山口尚远的地方，就能看见山顶出现在来自大海的云雾之端。山巅上耸立着一排风车，背着光，巨大的塔身在蓝天的衬托下变成了黑色。就好像天空和大地之间的缝合点。它们的叶片像绳子上打的结，把两个世界牢牢系在一起。仿佛一个巨人拿手术刀一刀切开了天际线的肚子，直达它的脏腑，随后又匆匆忙忙缝合起来。

在徒步者疲惫的头脑里，这些比喻一旦出现，就一发不可收拾，每走一步都在对它们修饰润色。梦境直到抵达山口才破碎。走到近处，庞大的风车又恢复了机器的面目。它们巨大的脚扎入混凝土底座，固定在地上。硕大的螺旋桨叶凄凉地咿呀作响。如今的磨坊都没有磨坊主。它们更多地令人想起赫伯特·乔治·威尔斯而不是阿尔封斯·都德。经过它们脚下的人谦卑地弯下脊背。这些清洁能源的制造者是野蛮、傲慢、凶恶的机器。它们出现在田野或山顶，让人产生被入室盗窃、受到威胁的奇怪感觉，仿佛这些庞然大物逃离工业世界，入侵原本无拘无束的大自然，并将它们的规则强加于此。

越过山口，朝圣之路一路下行，人背对风车，顿时松了一口气。天际，方才所见的一切和蓝色的远景融为一体，那就是加利西亚。

向山口攀登的时候，我发现前面两三百米处有一名朝圣者。我们步调一致，所以始终保持不变的距离。可是下山时，我发现他停了下来，于是我很快便赶上了他。这是一名五十多岁干部模样的西班牙人，戴着玳瑁眼镜，身穿鳄鱼衬衫，脚蹬牛仔布板鞋。他在路边一个对我来说不怎么起眼的地方等我。可他用手指着地上的一条线，我看到，那条线是从一个立在路肩上的水泥界石延伸出来的。

"加利西亚！"我的对话人宣告道，眼里燃烧着火光。

他站在线的这边。当我来到他的身边，他向我伸出了手。我握了握他的手，可他摆这姿势并不是要跟我问好。他吃力地对我解释说，我们要这样一起迈过这条线。于是我们站在迷你边界线前，手牵着手，双脚并拢跳进了圣地亚哥的地界。一跳过去，西班牙人很开心地给了我一个拥抱，然后接着赶路去了。我此后再也没见过他。

然而，在山口下面，我却经历了一场意外而幸福的相遇。在一幢石砌房屋里有一个接待朝圣者的小酒吧。吧台上杂乱堆放着各式各样的旅游纪念品：啤酒杯，小旗子，明信片。老板每结一笔账，固定在收银台上的钟就会用力敲一下。

在屋檐的阴影下，风冰凉刺骨，我走进酒吧取暖。在那里我发现了玛丽卡和比利时小伙子，他们正狼吞虎咽地啃着西班牙三明治。我们互相拥抱，庆祝重逢：我旋即坐下加入他们，他们对我讲述了后来走的几段路程。

何塞和拉蒙消失了。前者因膝盖痛而放弃了，他从一开始就抱怨这问题。后者呢，尽管有那些辉煌的纪录，也退出了。玛丽卡以进入了佛教阶段的朝圣者的坚韧毅力，无比冷漠地眼看着她的追随者以失败而告终。我能想象拉蒙有多难过，真相骤然浮现：他从前所说都只是谎言和大话。他的大肚子、瘦弱四肢、急促呼吸打败了他对摩尔达维亚女孩的热烈爱情。如果他还走在朝圣之路上，应该会像一只四脚朝天的金龟子一般无助。出于厌恶，我曾经嘲笑过他，现在，我真心同情他，并体会到他话语中流露出的痛苦。

美丽女孩和年轻男子对这出悲剧以及其他一切都漠不关心，他们摆脱了欲望的幻觉，发掘现实中的美好，带着全新的喜悦继续前行，因为他们到了加利西亚。

我们在温暖舒适的酒吧待了很久，详细描述我们分手之后各自的朝圣之旅。我说起拉尔夫，他们大笑起来，告诉我他们也遇见他好几次。最后一次是今天上午：他们到达这间咖啡馆的时候，他正要离开。

"可是，这么说，他走在我们前面了？"我嚷道。

"是的，和他的同伴冈瑟。"

毫无疑问，这位古怪的朝圣者藏着什么秘密。当人们看见他的时候，比如我，他拄着拐杖摇摇晃晃地走着，迷失在森林里，显然走不动了，可最后却能补上和身强力壮的年轻人之间的差距，甚至超过他们，这简直令人难以置信。啤酒能解释他的这些表现吗？

临近中午时分，我们重新上路了。惨淡的阳光照在山顶，稍稍缓解了北风的凛冽。

朝圣之路穿越加利西亚的高地，那里崎岖而荒凉。比利时小伙子跟我们讲述他穿越他的国家和法国的旅途经历，在这些地方朝圣者并不多见。他到处都受到意想不到的热情接待，这可是二十一世纪初。村民们送给他水果或鸡蛋，请求他到了孔波斯特拉为他们祈祷。在电视与互联网的时代，朝圣者继续担负着传递信息与人类交流的职责。现代媒体所代表的虚拟与即时性引起的是不信任甚至是怀疑，与之相反，朝圣者的行为是不容置疑的。他鞋底沾的泥和湿透衣衫的汗水可以证明。人们信任他。当他们想托付一部分灵魂，祈求统治着世界和我们自己命运的无形力量的保护，朝圣者是他们唯一能够信赖的对象。

小伙子的包里装满了人们塞给他的物品，用来交换他未来的祷告。他看上去一点也不相信，在宗教场所还会发出具有讽刺意味的怀疑之声。然而，他从没有丢下这些许愿祭品，打定主意要老老实实履行他信使的责任。到了圣地亚哥，他将悉数点燃人们交代他的蜡烛，把画像、照片或小纸条放在蜡烛前面，好让圣人了解祭拜者的心愿。他的背包应该有十八公斤重，里边只有极少量个人物品。经过两个半月的跋涉，他肩上背的不是褡裢，简直是圣诞老人的背篓。

沿着加利西亚高地一路走来，所见为数不多的建筑都是石砌的，屋顶是长满青苔的板石。田间的篱笆是直立的大石头，扎进地里，形成真正的围墙。这些古朴原始的石头篱笆可以追溯到农耕时代的初期。朝圣者觉得自己仿佛倒退到比基督和圣人，甚至比古希腊更早的年代，一直回到了史前。由基督教符号开辟出的道路一直延伸到这些偏僻的地方，它们也隐藏在同样由石块堆砌的建筑底下。我们于是遇见了好几个隐修院：通常都有圣母马利亚的画像，盆栽鲜花以及蜡烛，烛火在圣殿里投射出暗淡的红光，石块砌成的厚重屋顶表面凹凸不平。

在一个山口的深处，我们路过一些古时朝圣者旅舍的遗址。这里的废墟，并不是杂货店老板娘给我指的小路上那样的瓦砾，而是一些矗立的高墙，旧建筑里各个房间的轮廓还清晰可见。它们的建筑过程没有借助任何砂浆，墙壁是由玄武岩石块堆砌而成。浅褐色的墙给这个地方增添了一份萧瑟的感觉，冰冷的风穿墙而过。然而这里又是充满欢乐的。一群西班牙人嬉笑着在废墟里拍照。无论男女皮肤都呈古铜色，穿着色彩鲜艳的荧光面料的服装。我们和他们一起往前走。他们告诉我们，他们住在加那利群岛，从奥维耶多出发，这样的严寒正是他们想要的，好让他们忘记岛上的湿润气候。

不远处，在通往一片森林的山谷底部，一个庇护所容纳了我们所有人。我们看见里面的其他朝圣者，脸颊被冻得通红，围坐在热巧克力旁边。对于我们这些远道而来的人，进入加利西亚就意味着旅程已经接近尾声。而这些朝圣者的无忧无虑、欢乐和好气色则显示他们一群人精神饱满，刚刚从孔波斯特拉的郊区出发来走这最后的几公里。在他们看来，朝圣应该具有简洁、青春和儿戏的特点，比如像沙特尔大教堂[1]那样，几天就可以走到。然而，最后这几片高原的艰苦化解了他们的轻松愉悦，风景虽美路途却艰难困苦，还需要朝圣者坚持不懈的努力。

或许因为，和这些最后加入的朝圣者相比，我们三个人背负的朝圣之路的古老传统，把我们变成了快乐的幽灵，打破了现实与梦境之间分明的界限，这对他们很新奇，所以我们一起走完了最后的几段路。

于是这偏僻的地区就有了许多的欢声笑语。我们说笑着走在村子的小巷里，村子变得空旷了，灰色石头和板岩建成的阴暗大房子里似乎只住着老年人。几只狗见我们来了兴奋异常，使出全力叫喊起来，它们的叫声凄凉地在高墙之间回荡。加利西亚的方言开始出现在招牌上，接近葡萄牙语。这些被神抛弃的地方似乎只有两类活动：年轻人的逃离和年长者的回归。偌大的咖啡馆由雷诺汽车公司的老工人经营，令人伤感地怀念起巴黎的雷阿尔广场或拉夏贝尔门。巨大的教

---

1 Cathédrale de Chartres，法国著名天主教堂。

堂让遥远年代的记忆得以永存,彼时信徒的人数还很多也很虔诚。这些与现状不协调的建筑在村民心里产生了一种混杂着骄傲与尴尬的感情。骄傲,因为它们记载了该地昔日的盛况。而尴尬的感觉就好比客人带了过于贵重的礼物,主人不仅不觉得有面子,反觉得受了侮辱。

我的同伴们不像我对打鼾者那么敏感,他们去了几家庇护所。在这种寒冷潮湿的地区,我的露营体验都不太好。终于,在分手之前的最后一个晚上,我们三个都到一间小酒店住宿。说实话,那只是一间酒吧楼上腾出的几个房间而已。房间明亮而现代,从宽敞的窗户望出去的景色却令人沮丧不已:一条没有任何车辆经过的路;一片滴着雨水的苹果树林;一个门口被荆棘堵住的石头工具房。

分配房间的时候,有点拿不定主意。我们可以选择两名男士一间或者和玛丽卡凑成一对。但是,这种情况下,应该由谁陪她过夜呢?最终,不成文的年龄准则占了优势:年轻人让他们的兄长,我,独自舒适地享用一个房间。

第二天早晨,我的同伴们想一早就出发,而我有的是时间:我很晚才要跟我的妻子阿泽布在下一站会合。不过我还是决定和他们同时起床,好向他们道别。

我们在一个喝咖啡的地方排队。在这清晨时分,街道比白天更冷清,所有的商店都关着门。最后,他们只得饿着肚子离开。我们坐在酒店附近的石头台阶上交换地址。就在此时,一个谜团在我们面前揭开了面纱。

一辆出租车缓缓爬上村子的主街道。它看上去载了很多东西。开到离我们几十米远的地方,它停了下来。车门没有立即打开。车身微微晃动着。司机转过头来,应该是在收取车费。突然,一个车门打开,只见拉尔夫和冈瑟走了下来。我们总算揭开了他们不断超前的秘密……

古罗马之夜

阿泽布出生在埃塞俄比亚，一个高原地区，那里太阳的热度因为高海拔而变得温和。她的国家为世界贡献了几名最好的长跑选手，所有国民都擅长行走。阿泽布也不例外，尽管她已经在法国生活了将近三十年。她完全有能力走完朝圣之路全程。可是，她并不像我对这个主题如此着迷，她觉得没必要遭受相同的考验。她唯一的动机就是我们能够相会，并肩走上几天。这就是为什么我们约在加利西亚见面，走余下的一百公里。为了方便，我们选择在卢戈城会合，乘火车来相对容易些。我们没想过会发生什么。

卢戈坐落在一座小山丘上，四周被古罗马城墙包围，有些地方的城墙高达十至十二米。世界上很少城市能够因拥有这样的防御工事而自豪，何况卢戈的城墙既完整且几乎没有损坏，这也是为什么它被列入了联合国教科文组织的世界遗产目录。

当地的居民沉浸在古老的文物环境里，想出一个在每年六月举办古罗马节的主意。在这个拉丁周末，每个居民都受邀扮成古罗马人。人们一整年都在准备服装。每年都有人从附近城市，后来从全西班牙赶来参加这个节日，人数越来越多，他们也带来自己的服装。结果就是这两天里整座城市充满了几千名打扮各异的男男女女。

人类的天性如此，当你给某个人化装成古罗马人的自由，他不大可能穿成奴隶的模样。他更愿意自己是皇帝。因此满城都是恺撒和尼禄，而我要从中找到我的妻子。因为不巧的是古罗马节恰恰就在我们约定见面的那天举行。

我们完全不知道这回事。正如阿方索二世在八二九年所做的那样，我从圣皮埃尔城门进入城墙，觉得这里风景如画。可是，在遇见了第五个埃及艳后以后，我开始起了疑惑。我拦下一位百人队长，问他是怎么回事。他以武士的做派回答了我，他完全融入了他扮演的人物，还伸直手臂向我敬礼。

而我妻子呢，根据看过的资料，她是预备来到中世纪的，在卢戈下火车的时候，她还以为乘着时光机器下错了站。

当她在市场的广场上看见我时，就愈发疑惑了。因为眼前的朝圣者不属于任何一个年代。这个蓬头垢面衣衫褴褛的家伙，面容消瘦满脚污泥，说他属于古罗马或中世纪甚至当代都合适。他既熟悉又难以辨认。在腼腆地相互拥抱之后，其间我意识到自己的污浊，我们坐到户外一棵栗子树底下喝了杯可乐，同桌的都是衣着暴露兴高采烈的女贵族和开心的元老院议员。古罗马，当然，因它的宏伟建筑和雄辩的演说家而备受尊崇。可这些在学校里学到的内容被古罗马的另一项名声所掩盖，所有人都在下意识地谈论它：它也是狂欢与淫荡之城。从古罗马节一开始，我们就知道，长袍和面纱撑不了一晚上。天还没黑，大多数皇帝手里已经举着酒杯了。节日的成功尤其取决于夜晚的热力四射。

尽管也有重逢的喜悦和彼此都感受到的欲望，这欲望因我的长期缺席而愈发强烈，我们却无法像周围的卡里古拉[1]

---

[1] Caligula，罗马帝国第三任皇帝。

们那样放松。因为，刚刚和从前熟悉的人久别重逢，难免会用最敏锐的眼光来衡量朝圣给这个人带来的变化。

  这些变化在各个方面都能觉察得到。当然，最明显也是最意料之中的就是心理上的变化了。朝圣者的时间概念和刚到的人完全不同。后者在他看来显得焦躁、不耐烦，而他自己则慵懒闲适。这些都还算是表面的。朝圣者知道一旦他重拾往日的生活，朝圣之路的影响马上就会消失。相反，有一个领域的转变则更深刻也更持久。可它看上去却毫不起眼：那就是，背包。

  对于刚刚抵达朝圣之路，并不打算走长途的人，背包仅仅就是……一个背包。而对于经过长途跋涉磨砺的朝圣者而言，背包是他背上的同伴，他的家，他的整个世界。一句话，是他的生活。每多走一步，背带就把包多嵌进他的身体一点。这个包袱成了他的一部分。就算他将包放下，它也绝对不能离开他的视线。

  新手朝圣者怡然自得地翻她的包，包里物品繁多且大都是多余的，既没考虑它们的体积也没考虑它们的重量，让经验丰富的老朝圣者觉得忧虑甚至恐惧。因为一路走下来，他已经学会掂量，不论是本义还是喻义上的掂量，构成他行李的每一件物品。

出发之前，我偶然打开了几个致力于"超轻行走"或叫做MUL的网站。我很快发现这些网站的负责人并不是要慷慨提供技术上的建议。他们的目的更全球化，更有野心，以近乎哲学的姿态呈现。MUL思想的核心准则就是一句话："重量即恐惧。"

对于这一思想的信徒，关键是思考负担的概念，此外，还有关于需要，物品和对占有的焦虑。"重量即恐惧。"从这句话出发，每个人都被引导着进行思考。一件套头毛衣是必需的。我带了两件：为什么？是什么让我如此害怕？真有那么冷吗，或者，是我的无意识压迫了我的神经官能症？

MUL运动的拥趸为了摆脱这不理性的忧虑做了许多尝试。他们的网站上充斥着各种巧妙的发明，让一件物品能满足多种（真实的）需要。比方有能转换成帐篷的雨衣，可以变成羽绒服的睡袋，能做背包隔板的地垫。这些富于创造力的能工巧匠发现了新奇的解决办法，能将一罐啤酒变成一个小炉子，或者制造出一个带网兜的背包来放网球。网站上有负荷分类，根据步行的时间长短或气候状况来进行划分。我从上面了解到如何背六点五公斤行走五个月，背负四到五公斤在山区露营，或者负重不超过十五公斤在十七天里完全独立地穿越冰岛。

我承认，我是带着好奇又有些居高临下的心态浏览这些网站的，在我看来，它们有点像民间最低限度派的离奇想法。不过我还是从中捕捉到几个点子，一面往包里塞着T恤和袜子，一面自诩机灵，讥笑我的多虑。

但是，一踏上朝圣之路，一切都改变了。背包，西班牙人给它取了个好听的名字叫mochila，同所有雅凯一样，成为我一刻不离的同伴。这位同伴有两种形式，相互对立也相互矛盾。打开时，mochila摊开它的宝藏。摆在帐篷的地垫或酒店房间的地板上，我的全部家当都在那儿。换衣服，护理，梳洗，娱乐，定位：这一切功能都由从mochila里掏出的物品提供。

然而，第二天清早，重新出发时，这堆乱七八糟的东西得全部装回背包里，还不能给它增加过多重量。

除了这个限制，困扰我的还有背上针扎似的疼痛，那是一次外伤的后遗症，几个月后通过外科手术治好了。椎间盘突出压迫到我的一处神经根，它像个警钟，每当我抓住背包的一条背带调整长度时就隐隐作痛。对重量的担忧迅速发展到难以摆脱的地步。在每一阶段，我都严肃考虑所背的物品，老老实实地问自己它们是否真的不可或缺。面对此类考验的朝圣者有两个宝贵的工具：垃圾桶和邮局。他往垃圾桶里丢的是他认为没什么价值因此不想带走的东西。如果想留着，他就把它们装进盒子然后寄给自己。就这样，回到家以后，我找回了厨房用具和山区用的暖炉，在一个每日菜单既美味又便宜的地方，应该人人都有权利饕餮一番吧。

像这样逐步的剥离，对 mochila 的摘叶整理，要持续全程。思考自我的恐惧已经不再是玩笑：我开始严肃认真地对待这件事。比方说，我发现自己对寒冷有不可理喻的害怕（以至于因为没有替换，整个旅途都拖着高海拔地区用的睡袋，完全不适用于初夏的西班牙）。相反地，我完全摆脱了对饥饿和口渴的焦虑，甚至对它们已经麻木了。的确，我在山区行走时从来不吃东西，就像一匹真正的骆驼，与所有医学建议背道而驰。

不深入谈论这些精神分析方面的细节了，我还想说的是，我对腋下的异味极其敏感，总是带着除臭剂和替换T恤，却颇能忍受不洗脚。这些细节，我知道，可能引不起你们的兴趣，更糟的是还会令你们反感，所以我就不继续这个话题了。我只想说，这些观察是面向无意识敞开的大门，如果愿意对自己做这样的检查，每个人都一定能从中获益……

无论如何，朝圣之路还在延伸，mochila瘦了身，达到了一个近乎完美的匀称体型。

突然有一个从没经历过这类清理程序的人加入，你受到的震撼就更强烈了。当我妻子带着迷人的微笑，说出下面这句话："其实，我出发前没时间挑拣我的化妆包，所以我把它整个都装进包里了。"我差点摔个四脚朝天。

我们都知道，化妆品制造商的全部本领就在于他们能将手指头那么点大的粉底装进一个玻璃瓶里，瓶身厚得让人看不见里面装的是什么。有一刹那的工夫，我真想让我亲爱的伴侣也做做她的恐惧检查，可最终我还是乐于见她拥有这些保持美丽的产品，于是我将那鼓鼓囊囊的化妆包装进了我苗条的mochila里。

误入歧途

卢戈接近旅程的终点。离圣地亚哥剩下没几段路了，朝圣之路在这最后阶段与著名的法兰西之路汇合在一起，那是朝圣者的高速公路，是最多人走也是最直接的路线，每天都有好几百人走在上面。我有些担心走这条路，而且下不了决心离开北方之路的孤独。我妻子为了最后这几天的路程来找我，她对朝圣之路几乎完全不认识。让她马上就加入法兰西之路实在是太遗憾了。为了避免那种不适，或至少为了推迟它的到来，我决定放任自己听从身上的危险恶习。明知其危险也无济于事，它带来的快感太强烈，让我无法抗拒：我喜欢抄近路。我全家都知道这个邪恶爱好可能造成的危害。借口缩短路程，发现新风景，或者——更虚伪的——说是为了节省时间，我拽着家人或朋友去走所谓的捷径，结果往往越走越远而且更难走，简直是噩梦一场。就我个人而言，这些挫折不会影响到我。捷径对于我就是冒险（且不管发生什么）和幸福。对于相信我并且追随我的人，这些波折可就没那么有趣了。他们突然意识到他们无忧无虑跟随的这个人竟然会完全迷失方向。在这种情况下继续装出欢快的样子可毫无用处。找不到路，大家都在披荆斩棘地开辟道路，这时听你唱起歌来，他们只会把你当做疯子看待。

我向妻子提议离开卢戈选择朝圣之路的另外一条路径时，心里对自己的这个毛病是很清楚的。我没用小路这个词，更没敢用捷径：随便哪个都会引起她的警觉。我只说有两条路可选，我倾向于走更有意思的那条。

于是我们走上了朝圣之路的一条分支，我曾经听我的前同伴，斯洛伐克女孩和比利时男孩说过。他们在地图上给我指出了这条小路的起点和终点，向我保证它的标识很清晰。

这条路的主要功用在于让我们可以在唯一也是最后的一段路上进入法兰西之路。出发的时候天气非常炎热。阿泽布还精神饱满。几公里的缓慢步行还没让她筋疲力尽。她尚处于初级阶段，那个著名的让人头晕的距离标准"公里"，在她看来是很短的一段路。"已经走了一公里了！"新手朝圣者都是这么欢呼的。可是，对于老手来说，却是烦人的千篇一律，令人沮丧，他想的是："真是没完没了啊，这一公里！"

好天气掩盖了悲剧，正如肉丸包裹了毒药。万里无云的蓝天，麦田收割过后的金色大地，裹着白色和黑色塑料布的青贮饲料卷摆在格子田里，沥青路形成的美丽弧线，一切都让景色显得温厚而使人放心。我为我们指出这条小路时没有表现出心里轻微的担忧。起初，一切都很顺利：黄色箭头间隔一段距离就会有规律地出现，贝壳路标证明我那两位同伴所言不假：小路标识很清晰。可惜！几公里以后，路标就变得不是那么清晰了。我没有流露出慌乱，以具有男子气概而自信的态度，毫不犹豫地指出前进的方向。它带领我们来到一个农家庭院，里面有两只完全没有拴住的高大牧羊犬，龇牙咧嘴地迎接我们。阿泽布在生活中什么都不怕，除了狗，她掉头就跑。我跟了出去，尽量淡化事件：是一时疏忽了。

到了第一个分岔路口，我选择了一个新的方向。老天！快给我指条路吧：那方向也没有任何雅凯的标记，不确定的交叉路口，模样相似的道路，远处没有任何岸边助航标志。我们确确实实迷路了。

无论我如何故作镇定，神态中还是流露出一丝不安。我妻子很了解我，我一犯老毛病她就能察觉出来。"你又走捷径了？"她对我说，痛心的语调就像为酒瘾复发的酒鬼感到惋惜。听了我尴尬的回答，她合乎逻辑地总结道，我又一次，而且这次是从开始行走的第一天，害她掉进了泥坑里。

我试图找几个证人出庭为我辩护。我掏出一张地图，翻找旅游指南剩下的部分，其余大都被我在路上撕掉了。再怎么手忙脚乱也掩盖不了现实：我们不知道自己在哪儿。在这正午时分，路上一个人影也没有，村子里也空无一人。口渴开始折磨我们。终于，我们来到了一个岔路口。在柏油路的路边界标上，有一个村子的名字，那名字在地图上可以找到。哎呀！它位于法兰西之路上，依我现在的狂热状态，我是坚持要走小路的。在雄辩地展示了我缺乏诚信之后，我成功地说服了阿泽布跟我走另外一个方向。小路上有一个小镇，我计划到那里过夜。尽管对我没信心，她还是同意了，我们在路边有限的树荫下走着。路很直，平整得不真实而且没有尽头。起初还很浓密的树木，变得越来越稀疏，没多久正午的太阳就毫无遮挡地直射到我们头上。我的第一个谎言露馅了：我声称从山坡上很快就能看到今晚要住宿的那个小镇。可是，在山坡上，我们只看到了另一座山坡。四周没有一座房屋，只有千篇一律的田野，被太阳烤得焦黄。众所周知，祸不单行：除了迷路和高温，又添上了口渴，因为我没有带足够的水。计划是美好的：不再给 mochila 增加负担。而结果是，喝完最后一滴水，我们之间立即产生了烦躁不安的情绪。到了第三座山坡，我已经编不出谎话，而我们也已经很久没有水喝了。暴风雨来了，不是天上的，那样倒能让我们凉快凉快。是更恐怖的狂风暴雨，夫妻之间的。

我真没用。为什么我不肯走正常的路？再也不能相信我了，等等等等。

转眼间，我作为朝圣者的所有经历都轰然崩塌。最可怕的是这个错误不仅让我们迷了路，它还让我的整个旅途都信誉扫地。不论我怎么分辩，我突出的无能表现证明我仍然只是个业余选手。

我们在路边激烈争吵了一次。有一刻我简直担心我妻子会拿她的手杖来打我。最终，我说服她放弃了走回头路的打算。我主张继续往前走，这样可以边走边尝试搭顺风车。这希望很渺茫，因为现在这么热，几乎没有任何人经过。我们重新上路，唯一的慰藉是，我们边走边竖起了大拇指。两辆车飞快地开过，没理睬我们。还是看不到任何村镇。终于，走了许久之后，我们看见身后路的尽头出现了一辆汽车，开得很慢，像是辆卡车。奇迹出现了，它竟然停了下来。驾驶室很小，里面的两个男人挤了挤好让我们坐进去，并把包放在膝盖上。我们得救了。不过很快，又有了新的忧虑：每次转弯，卡车都危险地摇晃着，我们听见从后面传来马蹄的声响，沉闷而急促的撞击声。司机紧紧抓着方向盘，在大转弯的时候吃力地保持车行方向。我组织了足够让人听懂的西班牙语词汇，问他们卡车上装的是什么。

"三头公牛。"

可怜的牲口，每次转弯都让它们惊恐万分，使出全力用蹄子敲打卡车的地板。

得知这个情况后我们都沉默了。现在我们能理解司机为了保持车行方向所做的努力，尽管受到这些足有一吨重的牲口的猛烈撞击。景色缓缓滑过眼前。很美，更重要的是说明了一个事实：如果我们徒步走，需要受许多个小时的苦才能到达目的地。我们要去的那个小镇比预想中大，我们还要花更多时间穿越它。

终于，我们停在了中心广场上。公牛们用最后一串蹄踏向我们的抵达致意，我们忽然受到启发，这或许就是弗拉明戈舞的起源呢。坐在树荫里长椅上的几个男人看着我们下车，尽管条件有限，我们还是尽力摆出自然甚至庄重的姿态。大卡车载着它的牛儿们重新开动了。我们得救了。

法兰西之路

我订了小城里唯一的旅舍。它位于一家咖啡馆楼上。老板一直领我们到房间。这是一间压抑的小房间，摆着一张破破烂烂的大床和一个快散架的衣橱。咖啡馆老板一走，我们就赶忙去把窗户开得大大的。在经历了口渴、迷路和公牛之后，我们迎来了最后的惊奇，这一次真的动摇了我们的勇气：窗户对着一堵墙。距离我们大约三十公分。他们还不如把窗户用水泥砖砌上呢，像那些不卫生的房屋一样；这样就一丝光线一丁点儿风也透不进来了。

我们坐在床上，一人坐一边。这一刻，我发现了朝圣者所能体会的孤独的最高形式。那是当他和另一个人在一起而那人还没有适应朝圣之路时的感受。

我斗胆为自己做最后的辩护：

"本来可能会更糟呢。"我试探着说。

阿泽布转过头，筋疲力尽地看着我。

"……我们本来还可以睡在外面呢。"

她耸了耸肩，我们放声大笑起来。圣雅各体恤我们的苦难，为我们送来他的慈悲。

不过这次迷路也有好处。它给朝圣之路的最后阶段增添了一抹粗犷的色彩，也让我们躲过了汹涌的人潮。因为如果从传统路线走近圣地亚哥将会改变朝圣的氛围。远道而来坚韧不拔的朝圣者渐渐被最后一刻赶来的人群淹没，这些人开着车、乘着飞机、搭顺风车、坐火车或飞碟而来，也都想步行走完最后的几公里，像真正的雅凯一样进入孔波斯特拉。

在我们的偏僻小路上就不用担心这些熙熙攘攘的人流。为防止再次迷路，我们得在地图上仔细规划路线。阿泽布因为信任我而付出了代价，这次坚持要我每天早晨告诉她要去的地方。由于缺乏精确的标记，我们只好求助于路边的护栏，幸好，在这些地区，道路几乎都是空的。我们穿过无边无际的芬芳的桉树林，它让人想起了埃塞俄比亚。我们只迷过一次路，然后花了很长时间在一个空无一人的村子里寻找一个能为我们指路的活人。最后，在毗邻教堂的小公墓里找到了。两名工人正在修砌一个墓穴。他们从地下出来的时候，我们已经濒临绝望，这时他们正好在一堆坟墓中现身，给我们指了路。

在这条路上我们唯一遇见的人是那位上萨瓦来的朝圣者，我曾在坎塔布里亚遇见过他。他显然也没错过这个迷路的机会。我们先看见他坐在一辆卡车里往相反方向驶去，后来又一瘸一拐地赶上我们。他原本走在前面，可是半路遇见的一个朝圣者硬说他走错了方向。于是他拦了辆车，而后当他意识到先前走的路是对的……便从十公里以外走回来。现在，他总算步入正轨了。

这条路最后带我们来到一个著名的地方，美丽的索布拉多修道院。它的附属教堂是一个微缩版的圣地亚哥。修道院不在朝圣之路的主道上，但它构成了一条经典的小路，走的人比我们这条小路多多了。到了这儿，我们有点抵达目的地的感觉。这里的氛围友善而欢乐。我们参加了晚祷，在墙上嵌着时髦的金色橡木护壁板的大厅里。气氛不再像内地教堂里巴洛克风格的祭坛那样阴郁。寝室绝大部分被年轻人占据，他们大部分是情侣，一边窃窃私语一边格格地笑。一熄灯，上萨瓦人的鼻子号角旋即响起，引起小年轻兴奋的笑声，只怕又是一番黑暗中爱抚的借口。

我晚上去村里买水果的时候，认出在巴斯克地区遇到过的大个子奥地利女人。她和女伴们分开了，身边有两个男孩陪着，看起来很快活。耳环，文身和铆钉夹克，他们像是刚从一个狂欢派对出来。她有了新同伴，抽着大根的大麻烟卷。快到圣地亚哥了，这一切令奥地利女人容光焕发。我为她感到高兴。

第二天早晨我们带着遗憾离开了修道院，因为它是那样美，令人快活，还因为，从今往后，我们就要加入人潮汹涌的朝圣之路，无处可逃了。从某种意义上来说，这是我们向孤独道别。我们进入了最后的阶段：孔波斯特拉，它的前哨，堡垒，防御工事，以及它的心脏。因为，长久以来，圣地亚哥已经不再是个村庄，范围不再局限于圣人遗骨发现之地所建的大教堂四周。它自成体系，形成了一个真正的城市，让人远远地就能感受到它的存在。

我们在一个小村镇进入了法兰西之路。我们原本走在一条狭窄的小径上,突然就连上了一条宽阔的大路,路面磨损得厉害。不过,出乎我们意料的是,路上没人。我们跟着贝壳路标的指示,走上了大名鼎鼎而又令人担忧的朝圣之路,路标显得比原先大了,可能只是我们的错觉吧。走了几百米后,我们感到既轻松又失望。轻松,因为一切并没有发生真正的改变,失望,因为我们原本以为它会更活跃些。很快,我们就明白了路上这么安静的原因:我们到的不是时候。在法兰西之路上,由于朝圣者很多,庇护所的床位就弥足珍贵,因此大家都在早晨赶路,好在这一段路上领先于其他人。在宁静的北方之路,我们没有经历过争夺床位的战斗,也不曾争先恐后地赶超其他人,也没试过将背包排在庇护所门口排队等工作人员为朝圣者登记。因为,在残酷的法兰西之路,mochila 在队列中的位置决定了雅凯们被接待的先后顺序。

朝圣的神圣道路是朝圣成功的牺牲品,尤其在接近孔波斯特拉的时候。在其他地方,其他路线上,朝圣者因为数量少,都隐匿在风景中。而到了法兰西之路,他们都跑到前排来了。环境也为了迎合他们做了调整。有许多针对他们的广告；规模可观的为他们提供食物或住宿的地方；尽管缺乏挥金如土的客人，依赖朝圣者生存的商店却数量众多。大家都知道，圣殿商品的创造力是无边无际的。在这些贫穷的地区，他们懂得利用朝圣者，向他们推销专为他们设计的巧妙服务。于是就有了背包速递服务。这个运送行李的出租车系统让朝圣者可以摆脱他们的背包，到每个路段的终点去领取。

自从我们进入法兰西之路，就有一个现象让我们大吃一惊，直到发现了背包速递才找到答案。因为时间已晚，我们只遇到了少数几个朝圣者，可他们背上只有一个平常散步用的小包，包里也挺空。我们一开始还挺赞赏这些无行李旅行者的极端俭朴。然而，一个细节引起了我们的好奇。他们只背着比印度圣人的迷你小包大不了多少的包，可是衣着却优雅整洁。我们起先认为这简直是奇迹，后来才明白这不过是背包速递的美好成果：如果朝圣者背上什么都没有，那是因为他们的行李在终点等着他们呢。

在法兰西之路上，富朝圣者和穷朝圣者，平常百姓和生意人，他们之间的区别比其他地方还要明显。我不想言过其实地说《新约全书》已经预见了这个矛盾。不过，要想更好地理解圣雅各的奇特遭遇，就不得不提起造成基督反对他门徒的母亲的事件。

渔夫西庇太的妻子，约翰和雅各的母亲，去向基督求一个恩典：她请求救世主让她的两个儿子在天国坐在他的身边。这应该招致了耶稣相当严厉的批评。他提醒这位野心勃勃的母亲，他的使徒做出的牺牲不应该以谋求将来的好处为目的。这段插曲，从某种意义上来说，并没有结束。圣雅各以两种态度给人们以启示：其一，谦卑和无私，那些孤独而悲惨的朝圣者正是怀着这种态度走遍欧洲来到孔波斯特拉参拜他的墓穴。节俭和谦卑融入了他们的每日生活。他们秉持这两种心态，在其帮助下达到精神上的目标，无论它们以怎样的形式出现。其他朝圣者则相反，在这件事上更忠于雅各的母亲而不是她的使徒儿子，这些人试图通过朝圣寻找一份回报。他们想要的，是天主和他的使徒赋予的一点权力和荣耀……

在每个时代，当有人想要一段舒适的朝圣之旅，就会招来新技术为他们服务。这有时会导致一些古怪的后果产生。

比如，我们在穿越一片松树林的时候惊讶地听见天上传来广告的声音，向我们推销两公里外一家可爱的私人庇护所，有豪华房间。树林里一棵矮树也没有，只有一些笔直的松树树干，地上铺满红棕色的松针地毯。没有人能够藏身于此。只有我们两个人。我们循着脚步回望，这才发现了神秘播报的秘密。一个光电元件被安装在两根树干上，朝圣之路从中间穿过。朝圣者走过时切断光束，启动了绑在一根树枝上的扩音器。

我们不需要忍受这些烦人的东西太久，因为已经到了孔波斯特拉。还没看到城市，我们就已经见到了它那些著名的前哨，令人感到兴奋和解脱的地方，它们神奇的名字自中世纪起就让朝圣者们魂萦梦牵，戈佐山，拉瓦克拉，朝圣之路门。

最后的考验

拉瓦克拉，正如它的名字指出的那样，是从前朝圣者抵达圣地之前沐浴净身的地方。几条溪流形成的一些水潭应该至少可以洗脚或者更多。这些自然资源绝不可能让可怜的朝圣者将一路沾染的污垢彻底洗净。不过，毕竟聊胜于无，至少足以让雅凯们觉得自己可以见人了。无论如何，他们是来将灵魂敬献给使徒的，而灵魂，朝圣之路早已将其涤荡一新。

今天，拉瓦克拉是圣地亚哥德孔波斯特拉的机场所在地。大型飞机卸下成群来自世界各地的朝圣者，只是这些人认为没必要或没可能步行来到这里。机场的流量太大以至于需要延长跑道（或者新开一条）。总之，我们经过的时候，一段巨大的路堤居高临下俯视着朝圣之路。一整套红白相间的路标、指示跑道的强光导航灯和铁丝网悬在荆棘丛生的峡谷上方，朝圣者的小路就从这里通过。

如果说在阿斯图里亚斯的荒野里，朝圣之路充满了抽象的灵性，脱离了一切宗教而我无奈将其归于佛教的话，那么在临近圣地亚哥的时候，它则越来越多地承载了基督教甚至更确切地说是天主教的象征和价值。

比方说在拉瓦克拉，基督教谦卑的一面令人敬服。不起眼的朝圣者，疲惫不堪，在丛林里跋涉，而那些奇形怪状的机械，推土机，挖掘机，翻斗车，将土壤卸到新路堤上，土一直堆到了朝圣之路边沿。头顶上轰鸣而过的是钢板闪闪发亮的来自大洋另一端的四引擎喷气式飞机。朝圣者感觉自己在这些妖怪的肚子底下无比渺小。在这些理性的，搭乘飞机前来孔波斯特拉的人们眼里，他一步一个脚印传承着的传统显得多么不值一提，不合时宜且没有意义。然而，朝圣者那小小的、微不足道的、被压碎的灵魂，以一种极其基督教的方式，因骄傲而膨胀起来。因为他给圣使徒带来了一样无比珍贵的东西，是那些天上的旅行者所没有的：他受的苦，花的时间，付出的努力，崇高的虔诚，这段时间以来为了抵达终点踏出的数不尽的脚步。

我记得在巴斯克地区的一个港口，乌里亚德堡，我在艰难地走了一星期后到达那里。有一对法国夫妇在餐馆里和我搭话。原来他们和我是从同一个起点出发的：昂代。不同之处在于——他们开车——他们离开昂代……是在两小时前。那是我第一次产生身为朝圣者的奇妙感觉：感觉自己无比渺小，同时又珍惜这份谦卑，甚至到了近乎罪过的傲慢。

过了拉瓦克拉的溪流，朝圣之路在桉树林中缓缓上行。下一站，比我们想象的要远，是大名鼎鼎的戈佐山。那是喜悦之山，因为从山顶可以远远望见孔波斯特拉的红色屋顶。

下意识地，朝圣者加快了脚步。他每时每刻都想要登上山顶。可是又还没到。他重新出发，筋疲力尽，垂头丧气。在此期间，他想象这著名的山顶是阿尔卑斯山的一个观景台，从那儿能将直到天边的美景尽收眼底。当他最终大汗淋漓近乎绝望地爬到了山的顶端，却高兴不起来。因为那地方一点也不壮观。只是一座平淡无奇的山丘，种着高大的树木挡住了视线。透过树叶的缝隙能看见远处的几片屋顶，可是毫无壮观之处。在戈佐山的侧面，有一座庞大的庇护所，足以容纳所有在法兰西之路上行走的人群，那是一家繁忙的驿站。

尤其突出的，是一个巨大的塑像，耸立在最高点。这是一条从无例外的规则：每当有一个艺术项目提交给大众评判，总是平庸和丑陋胜出。合议，对艺术而言，是温吞水。可以肯定的是许多人参加了建造戈佐山装饰雕塑的咨询会，因为实在很难想出更丑、更令人丧气的作品了。有人或许认为它是个杰作，前提是要把它摆在一个特殊类别里参加角逐：天主教的媚俗作品类。

这塑像至少有一个好处：对于在长途跋涉途中梦想着回到中世纪、以为圣殿就是这梦想的顶点的朝圣者，它让他彻底死了心。我们可是在二十一世纪。孔波斯特拉已不再是那个人们在里面发现了遗骨的岩洞。它成了一座现代化大都市，有丑陋的塑像，大卖场和高速公路。来到圣地亚哥，不是回到远古，正相反，是猝不及防、无法挽回地回到了现代。

骑自行车的朝圣者，我们时不时会遇见几个，似乎都集中到了戈佐山，他们组成队伍开始向城市发起最后的冲刺。尽管在朝圣途中，自行车在我看来是一个多余的甚至不合时宜的工具，然而，临近圣地亚哥的时候，它显得有用而恰当了，因为进城对步行的朝圣者来说真是场苦难。原本该接纳朝圣者的城市把优先权完全给了汽车、大巴、卡车和其他机动车辆。

想到常年生活在朝圣地的人总有种古怪的感觉。比如说到麦加，人们脑海里总会浮现被朝圣人潮团团围住的天房克尔白。因此当你在某些照片上看见一些居民楼的玻璃窗和阳台对着圣殿时总觉得奇怪，甚至感觉它们有些突兀。

孔波斯特拉，这个人们在朝圣途中一路梦想的圣地，化为眼前的大教堂和它对面的奥夫拉多伊罗广场。可是，当我们一步步走近真正的市区，首先映入眼帘的是大众汽车专营店、超市、中餐馆。在大街小巷上，当地居民忙着各自的营生，并不关心圣使徒。他的名字出现在店铺招牌上，不过看上去就像一个当地特产，和蒙特利马尔牛轧糖或康布雷的薄荷糖没什么不同。最终，我们背着背包，包上挂着贝壳，在街道中穿行，和在其他任何地方一样感到陌生。

我甚至会想——后来我明白了——当地人会不会有一点讨厌这些带着贝壳的肮脏家伙呢。至少，他们对朝圣者毫不关注。甚至可以说对他们视若无睹。这或许也是宣告我们抵达圣城的最高标志：在离圣地亚哥很远朝圣者也很罕见的地方，朝圣者会吸引注意，引起人们的兴趣甚至同情。当他进入孔波斯特拉，就完全变成隐形的了。仿佛进入了气化状态。

何况，在圣使徒的城市，朝圣者是被精心引导的。他们被局限于沿着通往老城的有贝壳路标指示的路线行走。并不是说这城市不好客。不过，如果你在进入四车道高速路、横穿立交桥和跨越没有人行道的高架桥时没被轧死，如果你成功地穿过最后一条环城林荫大道而没被堵在路上，那一定是圣使徒对你特别眷顾。于是你来到了朝圣之路门，终于进入了历史城区，名胜的中心。

不要以为你可以痛快地享受欢乐而不受过往的干扰。因为一种高传染性的疾病正在大街小巷蔓延。它像麻风病一样损毁街巷的容貌，污染房屋的门脸，溜进门廊下，小巷里。这病，叫做纪念品商店。这是一种十分特殊的商业行为，因为它们卖的是压根毫无用处的商品。此外，它们还很廉价，便于携带并且十分丑陋。通常是中国制造。这些庸俗的装饰品从当地的历史中获取灵感，没完没了地复制它的象征物。

不消说贝壳产生了多少令人反胃的变种。它们被做成胸针，徽章，钥匙扣，手机套。装点着餐垫，塑料杯子，狗项链，儿童围嘴，门毡和围裙。对买主来说，它们能满足所有人的不同品位。

徒步朝圣者，尤其是远道而来的，在这些给游客逛的巷子里感到愈发孤独和格格不入了。因为他所遇到的人跟他一点儿都不像，而他们也同样是为圣使徒而来。这些人中的大部分在别的地方会被称为游客，可到了这里也给自己冠上了朝圣者的头衔。纪念品商店的小玩意儿主要就是面向他们，这些有经济能力的访客的。这些搭乘飞机或大巴来的游客没有别的办法证明他们那昙花一现的朝圣者身份，只得大量购买小商品以证明他们到过圣地亚哥。

徒步朝圣者就不需要这些货品，因为，他有他的优势：一张证书，那大名鼎鼎的，由市政厅正规颁发的孔波斯特拉证书。刚刚抵达的朝圣者往往一来就直奔发证的办公室。

到　达

在申请孔波斯特拉证书的老房子里，朝圣者们聚在一起。这里，再没有游客，有的只是真正的雅凯。有些人还来得及去庇护所换了身衣服。其他人则是直接从朝圣之路赶来的，排着队，背着背包。因为这珍贵的文件值得，所以在获得之前须得耐心等待。朝圣者的队伍挤在楼上，发放文件的柜台就在上面，队列超出楼道，延伸到楼梯，一直排到入口，有时候甚至延伸到了院子里。人们用各种语言交谈着。第一眼望去，没法辨认每个人走的是哪条线路，也看不出他是从哪儿出发的。不过那些走了偏僻路线的人，比如白银之路，通常都急于让别人知道，他们会高声描述沿途细节。同样，从大老远跑来的那些人也不会忘了大肆宣扬。在我等待的时候，一个年轻女孩，站在楼梯下面一点，对她旁边的人不停地大声重复"我离开弗泽莱的时候"……

尽管如此，气氛还是比较冷淡，或许因为朝圣者分属于两个完全无法交流的类别：徒步者和自行车手。后者穿的运动衣让他们很好辨认。他们有时把古怪的扣脚鞋都穿到办公室来。他们被晒得黝黑，皮肤光滑，额头上炫耀地戴着流线型的墨镜。再看看他们旁边经过长途跋涉的徒步朝圣者，蓬头垢面衣衫褴褛，仿佛是冉阿让遇见了阿尔伯托·康塔多[1]。

但圣雅各用他仁慈的斗篷一视同仁地包容了所有人。步行来的也好骑车来的也罢，所有人都带着用拉丁文写成的证书离开。

发放证书的职员——几乎清一色是女性——在面前展开朝圣者的通行证，上面的方格子里规规矩矩排列着一堆五颜六色的印章。每个印章所代表的汗水和脚步，寒冷和饥饿，只有走过的人自己才知道。对于女职员来说，它们只是些没有故事的记号，行路的证据，她检查它们只是想了解申请孔

---

[1] Alberto Contador(1982—)，西班牙职业公路自行车运动员，曾夺得两届环法自行车赛总冠军。

波斯特拉证书的人是否至少走完了一百公里（或者骑行两百公里）。

当女职员说根据规定我没走够公里数的时候，我大吃一惊。我跳了起来。八百公里！还不够？原来她没把我那皱巴巴的折叠小册子完全展开。终于，正义得到伸张，我带着证书离开了办公室。

一旦到手，曾经那么渴望得到的这张纸就显得有些可笑且没有意义，它甚至太占地方了。怎样才能将它完好无损地装进背包里呢？最后，我们把它举在手里走向大教堂广场。

这最后的几米应该是非常激动人心的。可发生的一切，天哪！竟是为了将它们变得可憎。一位风笛演奏者，身强体壮却技艺不佳，驾轻就熟地站在通往大教堂的最后一个门廊下。此时我们正全神贯注于这朝圣的最后时刻，它将宣告朝圣之路的正式完结，而尖利的风笛声听得人牙都酸了，像挠不到的瘙痒打乱人的思绪。

十个放了硬币在演奏者面前的人里，我打赌至少有五个是暗自希望他能卷起行李走人的。他只在午饭时间才停下。鉴于只有长期的折磨才有效，他不幸地将位子让给了一个水平更糟的吉他歌手（不过音量小一些）。

我们终于来到了奥夫拉多伊罗广场，它是旅行的终点，雅凯路标的零公里起点。广场很大，四周环绕着雄伟的建筑，大教堂的正面俯瞰着它。奇怪的是，尽管它是朝圣之路的终点，却似乎并不属于朝圣之路。一天又一天过去，朝圣者学会了认识他的老朋友朝圣之路。他知道它是谦卑的，低调的，受到现代世界的侵扰。他没有试图改变它，路过时他抚摸歪歪扭扭的老房子，走下斜坡时带走了它的泥土。朝圣之路没有傲慢，只有自豪，没有抱负，只有回忆。它狭窄，蜿蜒曲折，不屈不挠，像一个活生生的人。而奥夫拉多伊罗广场，它的终点，却充满了权力和奢华，是为了震撼世人而建的。

我猜想，朝圣之路诞生初期，在阿方索国王的时代，旅途的终点是一个洞穴，最多是一个祭台，用几块石头围绕着圣人遗骨搭建而成。朝圣之路的终点，在那时候，应该和路本身一样朴实无华。然而，时至今日，教会的全部奢华都被用在了这个终点上。圣人遗骨被套上了像洋葱圈一样层层叠叠的罩子。它们被摆进一个圣龛，放在第一个大教堂的地下墓室里。外面又有一个哥特式主教大教堂包裹着它们。主教大教堂本身被一块十八世纪建造的门楣挡着。这堆砌起来的艺术作品并不缺乏美感。它们展现了对圣人的崇拜，并由此规定了参观路线：访客得沿着过道，下到地下墓室，然后爬上一段楼梯进入祭坛，来到一座巨大的圣雅各雕像的背面。传统上，每个朝圣者都要用手臂环绕圣人从背后给他一个 abrazo，一种仪式上的拥抱。不知什么原因，我无法下决心这么做。我觉得这个原本可以为我的旅程画下句号的崇拜仪式，对朝圣之旅的本质构成了一种背叛。我来到这里不是为了拥抱一个金色偶像的，尽管它被雕塑成圣使徒的形象。在毫无保留地接受了朝圣之路对朝圣者的一切肉体折磨后，我拒绝这最后的考验，虽然，它被认为是一种补偿。在翻山越岭时，我想赋予朝圣之路一个具体的意义，而在到达目的地之后，我希望为它保留一个抽象的、象征性的、属于个人的特征。简言之，我对圣雅各已经形成了自己的理念，一种博爱的，充满哲思的理念。我一点儿也不想用和一尊雕像的冰冷接触来替代它，那涂成金色的雕像，被无数自称天主教徒的人摸得都褪了色，他们通过抚摸它完成了一个宗教仪式，而在我看来，这与宗教完全无关。

为朝圣者举办的大弥撒则更为经典也更正统，让我觉得更能接受。必须遵守游戏规则：因为教会将朝圣据为己有，在我看来，朝圣属于更抽象也更普遍的灵修行为，应该让教会给它下一个结论。与游客们一个接一个地拥抱圣人那种个体的、近乎虚假的姿势大不一样，朝圣者大弥撒是真正精神相通的时刻。它是一个大熔炉，熔化了每个人的差异，遭遇和历经的考验，用一场祷告的时间，用纯净的声音锻造出美丽的合金。

仪式在一个挤满了人的大教堂里举行。最最烦人的，是那些机动朝圣者，他们由旅行社带领，直接从酒店过来，占据了听众席的所有位置。徒步朝圣者背着沉甸甸的背包，被挤到边上，柱子后面，直到侧面小教堂的门槛上。最晚来的或许突然有一天就变成最先到的了；不管怎样，在朝圣者弥撒举行过程中，等级制度得到了遵守，肮脏的穷人继续被挤在一旁。

我成功地待在一根大柱子后面，柱子挡住了视线，不过我伸长脖子，能看到祭坛。我注意到站立的人群中有好几张朝圣之路上的熟悉面孔，特别是那位上萨瓦兄弟，他奇迹般地抵达了正确的港口。

终于，雷鸣般的管风琴声响起。一场盛大的弥撒开始了，用不同的欧洲语言诵读更为它增添了色彩。强有力的歌声响起，由一位有着天使般嗓音的修女领唱，接着人群跟着附和，声音整齐得令人难以置信。

最后，我真的很有运气，见证了著名的点圣灯仪式。那是一盏巨大的银制香炉，用一根粗绳从大教堂的顶上吊下来，里面装满了没药和香料。点燃后，大香炉开始冒烟，像燃烧的灌木丛。六名男子将它摆动起来。冒着烟的香炉在大堂里荡来荡去，以将近六十公里的时速，让香气弥漫到整个教堂。在它回荡的时候，修女唱起圣歌，引起了听众的热烈回应。经过多少个世纪的调整，整场仪式完美无缺，这一刻感人至深。等圣灯回到原位，圣歌结束，人群也安静下来，疲惫不堪，情绪耗尽，相信自己经历了一个伟大的时刻。这是朝圣之旅真正的尾声。

散场后，和我聊天的意大利人提到的一个细节可能会破坏仪式的美好。他告诉我说，据他所知，点圣灯的传统不是基于宗教而是基于卫生的考量。在中世纪,朝圣者虽然在拉瓦克拉洗浴过,却依然满身污垢,他们肮脏的身体挤在大教堂里,空气简直令人窒息。神父们为了活命,只得用上这个办法:将一个装着香料的木桶吊在空中摇荡。他的小故事不仅没让我厌弃这场仪式,反而让我把两个此前互不相容的事实联系了起来:基督教礼拜仪式的奢华排场和朝圣之路的极俭质朴。香料和象征教廷权威的绛红色里融入了汗水和灰泥。它们一脉相承。

因为一切都抢着要打破它们之间的关联,从我们刚一"抵达"。孔波斯特拉的可爱和美丽掩埋了朝圣之路上的回忆。身体恢复了它在城市里的懒散:游荡在大街小巷,而且,不久后,甚至会去买纪念品了……

还有飞机,瞬间让你离开圣地,几个小时内就把你扔回熟悉的环境中去。走在路上,人们会对自己说,如果不能够设身处地的替徒步行走的人考虑,那绝对不能开车走这条路。可是一旦手握方向盘,人们就忘了这些承诺,没心没肺地将车开得飞快。

朝圣之路的某些方面生命力会顽强些:对我来说,主要是 mochila 哲学。回到家好几个月以后，我对我整个人生的恐惧进行了思考。我冷酷无情地检查背上的负担。我剔除了许多物品，计划，束缚。我试图给自己减压，让自己能够不那么吃力地背起我存在的 mochila。

可这也结束了。书一页一页慢慢翻过，朝圣之路上的焦虑也已消失。朝圣可感知的影响很快就被抹去。几个星期之后，一切都消失了。似乎什么都没有改变。

当然，种种迹象表明，它还在深刻地发挥影响力。在回来的路上，我写下了雅克·科尔的故事，应该不算巧合吧。他出生的房子坐落在圣地亚哥的一条路线上，他的整个童年都在看雅凯们从门前走过。名叫雅克，他热切渴望能去朝圣，尽管生活没给他这样的闲暇。穿过他的中世纪朝圣之路，跟着他了解他的美好存在，我有点想重新背起背包开始一段新的旅行，在写作的间隙。雅克·科尔，和孔波斯特拉的朝圣者们一样，失去一切，换来对自由的认识。因为他曾经得到过一切，金钱，权利，奢侈享受，这彻底的祭献赋予他的命运一种特殊的伟大，这正契合朝圣之路的精神。

然而这一切都还是间接的、模糊的影响。朝圣本身于我很快成了遥远的回忆。朝圣凝成的哲学甜酒，我一边写《造梦人》一边一滴滴收集，我感觉这琼浆的产生是以粉碎旅途中的所有特殊时刻换来的。总之，朝圣之路只给我留下了一个基本的而且相当模糊的教诲。它令人陶醉，弥足珍贵，可我却难以将它诉诸言表。我以为我都忘记了。

后来，在夏蒙尼的一个下雪天，我和两位编辑朋友共进午餐时说起我的朝圣之旅。盖兰出版社的老板，玛丽克里斯蒂娜·盖兰和克里斯托夫·雷拉，是登山爱好者，他们对我的旅行非常感兴趣，像对参加完比赛的登山运动员那样，问了我几千个问题。我如实回答他们，又记起了许多有趣的故事。喝着白葡萄酒待在暖烘烘的山区小屋里就适合展开此类关于登山的话题，特别是如果户外冰天雪地的话。用餐结束后，我的对话者们鼓励我把这些回忆写下来，听了他们的建议我心里忿忿不平。我走朝圣之路不是为了把它讲出来的！不论在朝圣途中还是回来以后我都一个字没写。我想经历这一切，不退却，不受记录的约束，它只属于我自己。当我在每一段路上看见狂热写笔记的朝圣者，我都十分同情他们。

可是现在，在这个出奇寒冷的冬季，那一天我回家时走在莹白的雪地里,往日的影像扑面而来,明亮的天空,泥泞的小道,偏僻的隐修院,波涛拍打的海岸。在记忆的牢笼里,朝圣之路苏醒了,撞击着墙壁,呼唤我。我开始回想它,把它写下来,牵着记忆的线,一切都回来了。

什么都没有消失。如果以为一场这样的旅行仅仅是旅行,可以被遗忘、被装进盒子里,那真是个错误,至少是说得太轻巧了。我无法解释朝圣之路对什么起作用,也不知道它具体代表了什么。我只知道它充满生命力,除了把一切都说出来,否则无法描述它,我就是这么做的。可是,即便如此,还是缺少了最本质的东西,我也清楚这一点。正因为如此,不久的将来,我会重新上路。

您也一样。

Jean-Christophe Rufin
Immortelle randonnée
Immortelle randonnée Compostelle malgré moi © 2013 by Jean-Christophe Rufin
All rights reserved
All adaptations are forbidden.

图字：09-2014-246 号

图书在版编目（CIP）数据

不朽的远行 /（法）让-克里斯托夫·吕芬著；黄旭颖译. -- 上海：上海译文出版社，2024. 11. -- ISBN 978-7-5327-9695-3

Ⅰ．I565.45

中国国家版本馆 CIP 数据核字第 2024LN3878 号

不朽的远行	Jean-Christophe Rufin	出版统筹	赵武平
	［法］让-克里斯托夫·吕芬 著	责任编辑	李月敏
Immortelle randonnée	黄旭颖 译	装帧设计	董茹嘉

上海译文出版社有限公司出版、发行
网址：www.yiwen.com.cn
201101　上海市闵行区号景路 159 弄 B 座
上海颛辉印刷厂有限公司印刷

开本 850×1168　1/32　印张 7.5　插页 2　字数 91,000
2024 年 11 月第 1 版　2024 年 11 月第 1 次印刷

ISBN 978-7-5327-9695-3
定价：58.00 元

本书中文简体字专有出版权归本社独家所有，非经本社同意不得转载、摘编或复制
如有质量问题，请与承印厂质量科联系．T：021-56152633-607